Deseo

S0-CAU-952

CONFLICTO DE AMOR

FIONA BRAND

HARLEQUIN™

Editado por HARLEQUIN IBÉRICA, S.A.
Núñez de Balboa, 56
28001 Madrid

© 2013 Fiona Gillibrand
© 2014 Harlequin Ibérica, S.A.
Conflicto de amor, n.º 1965 - 19.2.14
Título original: The Fiancée Charade
Publicada originalmente por Harlequin Enterprises, Ltd.

I.S.B.N.: 978-84-687-3972-4
Depósito legal: M-33351-2013
Editor responsable: Luis Pugni
Fotomecánica: M.T. Color & Diseño, S.L. Las Rozas (Madrid)
Impresión en Black print CPI (Barcelona)
Fecha impresion para Argentina: 18.8.14
Distribuidor exclusivo para España: LOGISTA
Distribuidor para México: CODIPLYRSA
Distribuidores para Argentina: interior, BERTRAN, S.A.C. Vélez
Sársfield, 1950. Cap. Fed./ Buenos Aires y Gran Buenos Aires,
VACCARO SÁNCHEZ y Cía, S.A.

Capítulo Uno

«Zane Atraeus tiene una nueva aventura».

El titular de la revista de cotilleos hizo que el multimillonario banquero Gabriel Messena se detuviera de golpe.

Exasperado, pagó la revista en el quiosco del aeropuerto de Auckland y siguió leyendo el artículo, para ver con qué chica salía su primo Zane Atraeus esa semana.

Su mirada se clavó en la foto que iba con el artículo… y todos los músculos del cuerpo se le tensaron al ver el familiar cabello rojo, la complexión de porcelana, los ojos oscuros, el cuerpo esbelto y sensual.

No era cualquier mujer, pensó, mientras estudiaba el rostro de Gemma O'Neill. De nuevo, Zane estaba saliendo con su chica…

La primera vez que publicaron una foto de Zane con Gemma, Gabriel no se preocupó porque sabía que solo era una relación profesional. Aunque, según las revistas de cotilleos, en algún momento eso había cambiado.

Que Zane se sintiera atraído por Gemma resultaba comprensible, porque era una mujer guapísima e inteligente, con una fascinante naturalidad que lo había cautivado desde que empezó a ayudar a su padre a cuidar el jardín de la finca Messena. Aunque no podía entender qué le atraía a Gemma de su primo, nunca había sido una chica aficionada a las fiestas.

Apretando los dientes, Gabriel intentó entender el sentimiento posesivo que experimentaba en ese momento, el poderoso deseo de reclamar a Gemma como suya a pesar de no haberla visto en seis años.

No comprendía que Zane, que tenía mujeres haciendo cola y, por lo visto, suficiente tiempo libre como para salir con todas, no dejase en paz a su antigua ayudante personal.

Maldita fuera, pensó. Era fácil identificar la emoción que lo ahogaba, destruyendo su calma habitual. Estaba celoso de Zane.

Era una emoción que no tenía sentido, dado el tiempo que había pasado y, sobre todo, que Gemma y él no habían compartido más que un encuentro sexual durante unas cuantas horas incandescentes.

Horas que seguían grabadas en su memoria porque habían sido literalmente la última aventura de su juventud.

Dos días más tarde, su padre había muerto en un accidente de coche junto con su amante, la hermosa Katherine Lyon, una mujer que era, además, el ama de llaves de la familia.

Entre la pena, el escándalo, la responsabilidad de dirigir el banco, su excéntrica familia y los medios de comunicación, que se lanzaron sobre él como buitres, Gabriel había tenido que olvidarse de Gemma. Repetir el error de su padre manteniendo una relación con una empleada, por atractiva que fuese, era sencillamente impensable.

Hasta aquel momento.

Frunciendo el ceño ante el repentino deseo de retomar una relación basada en la misma atracción fatal que había llevado a su padre a la ruina, Gabriel dobló la revista y se dirigió al mostrador de primera clase para entregar su pasaporte a la empleada. Mientras esperaba, siguió leyendo el artículo, en el que hablaban de los innumerables romances de su primo. Unos romances que, aparentemente, seguía teniendo mientras salía con Gemma.

Lo enfadó que ella hubiese tirado su orgullo por la ventana, que se dejase tratar como si fuera una mujer sin importancia. No se correspondía con la fuerte personalidad y la independencia que la hacían tan atractiva.

Sus ojos se clavaron entonces en una frase que lo hizo apretar los dientes. De repente, el extraño comportamiento de Gemma empezaba a tener sentido.

Tenía una hija. Tal vez hija de Zane.

Gabriel respiró profundamente para calmarse, pero no podía controlar los salvajes latidos de su corazón ni la curiosa sensación de vacío que experimentaba.

Debería haber hecho caso a lo que las revistas decían de su primo: que en los últimos dos años,

Zane había decidido que tener a Gemma como ayudante personal no era suficiente y la había convertido en su amante.

Tuvo que aflojarse el nudo de la corbata porque le faltaba oxígeno. Necesitaba calmarse, recuperar el control que tanto se había esforzado por conseguir en lugar de dar rienda suelta a la vena apasionada que había heredado de sus antepasados. Pero que Gemma hubiera tenido un hijo con Zane, su primo, era como echar sal en una herida.

Formar una familia era algo para lo que Gabriel, a los treinta años, no había tenido tiempo y que no veía en un futuro próximo.

Zane, con la irresponsabilidad de la juventud, había tenido un hijo y evidentemente ya no quería a la mujer que se lo había dado.

Pero él sí.

Ese pensamiento apareció con la intensidad de una piedra cayendo en un riachuelo.

Habían pasado seis años, pero parecía como si hubiera sido el día anterior. Se sentía como un sonámbulo; todas sus emociones, de las que se había alejado tras la muerte de su padre, volviendo a la vida con la misma intensidad de antes.

Estudió la fotografía de nuevo, notando cómo Gemma se agarraba al brazo de Zane, la intimidad de la pose…

La oleada de furia que experimentó hizo que deseara reclamar a aquella mujer de la que se había alejado para preservar su familia y su negocio.

Gemma había tenido una hija, pensó, incrédulo.

Una pena que el negocio y su familia lo hubieran cegado seis años antes, haciendo que rompiera esa relación.

No sabía casi nada de la vida de Gemma en ese tiempo, pero dirigir un imperio con el obstáculo de un anciano fideicomisario que, en su opinión, sufría los primeros síntomas de demencia senil, apenas le dejaba tiempo para nada más.

Y casi nunca tenía tiempo para relaciones personales. Cuando salía con alguien era una simple acompañante para alguna cena benéfica. Volver a su solitario apartamento cada noche, cuando no estaba viajando, nunca lo había molestado.

Hasta aquel momento.

Gabriel tomó su tarjeta de embarque dando las gracias automáticamente y atravesó el abarrotado aeropuerto sin fijarse en los viajeros que se movían a su alrededor. Era extraño aceptar la verdad: que su vida personal era tan estéril y vacía como un desierto.

Pero eso estaba a punto de cambiar. Se dirigía a la isla mediterránea de Medinos, el hogar ancestral de la familia Messena y el sitio en el que residía Gemma en aquel momento.

Si tuviese una vena mística sentiría la tentación de pensar que la coincidencia de que Gemma y él se encontrasen por fin en el mismo sitio era cosa del destino. Pero el misticismo nunca había estado en la psique de los Messena.

Aparte de la vena apasionada, los hombres de la familia habían heredado otra cosa de sus antepasados: eran implacables, tácticos, habían florecido en la batalla, ganando tierras y fortalezas. La costumbre de ganar siempre había pasado a sus herederos, una familia rica en hijos varones, culminando en grandes propiedades y una vasta fortuna.

El pillaje ya no estaba de moda. En el presente, los hombres de la familia Messena conseguían lo que querían en las mesas de negociación, pero el principio básico seguía siendo el mismo: identificar el objetivo, ejecutar un plan y obtener el botín.

En su caso, el plan era muy simple: apartar a Gemma de las garras de Zane y hacer que volviera a su cama.

–Gabriel estará comprometido antes de que acabe el mes.

La conversación en la terraza de una de las suites más lujosas del *resort* Atraeus hizo que Gemma O'Neill se detuviera de golpe, las tazas y platos que llevaba en el carrito tintineando suavemente. Ese nombre la devolvía al pasado, a un sitio al que se había negado a volver en seis años, haciéndola experimentar una emoción que en general solía ser capaz de controlar.

Una bahía serena, un cielo nocturno cubierto de estrellas y Gabriel Messena, su largo y musculoso cuerpo enredado con el suyo, el pelo negro como la noche, los pómulos marcados y ligeramente exóticos recordándole a un jeque en la alcoba de un palacio árabe.

Gemma parpadeó para apartar de sí tan vívida imagen, seguramente el resultado de estar en Medinos, un destino romántico que atraía a hordas de recién casados.

Nerviosa, detuvo el carrito al lado de la mesa y el ruido atrajo la atención de las dos clientas a las que iba a atender. Eran clientas importantes porque tenían conexión con la familia Atraeus.

Una de ellas era más que eso. Aunque Luisa Messena, la madre de Gabriel, no supiera que la persona que le llevaba el té había sido empleada suya.

Y amante de su hijo.

Gemma murmuró una disculpa, bajando la cabeza para mantener el anonimato.

Después de poner un mantel de damasco en la mesa, empezó con la precisa tarea de colocar platos, tazas, cubiertos y una antigua tetera de plata que seguramente valía más que el coche que tanto necesitaba pero no podía comprar. Ella no era camarera, pero faltaba personal en el *resort* y, cuando le pidieron que echase una mano, no había podido negarse.

–Gabriel la ha esperado durante mucho tiempo y es perfecta. Pertenece a una familia acomodada, por supuesto…

Aunque estaba haciendo lo imposible para no escuchar, porque Gabriel Messena era historia, Gemma apretó los labios, irritada. Por lo visto, Gabriel estaba a punto de pedir en matrimonio a una criatura perfecta, probablemente una guapísima chica de la alta sociedad que había sido educada para casarse con un multimillonario.

Saber que iba a casarse no debería afectarla. Se alegraba por él. Incluso debería enviarle una nota de felicitación.

Podía hacerlo porque lo había dejado atrás.

Cuando las mujeres dejaron el tema de Gabriel para charlar de otros asuntos, Gemma tuvo que disimular un suspiro de alivio.

No podía mostrarse enteramente fría porque él había sido el hombre de sus sueños. Se había enamorado de Gabriel a los dieciséis años y había seguido enamorada durante mucho tiempo. Desgraciadamente, había perdido el tiempo porque ella no tenía ni el dinero, ni el apellido ni los contactos necesarios para ser parte de su mundo.

Un día, después de saciar la pasión que había nacido entre ellos, rompió con ella con la misma severidad con la que hubiera vetado una inversión poco interesante. Se había mostrado amable y cariñoso, pero dejando claro que no había futuro en esa relación. No había entrado en detalles y no hacía falta. Después del escándalo que saltó a los periódicos unos días después de su primer y único encuentro, Gemma casi entendía que no quisiera saber nada de ella.

La aventura del padre de Gabriel con su ama de llaves había sacudido los cimientos de la familia Messena, enfureciendo a sus ricos clientes, todos anticuados y conservadores. Y Gabriel, el encargado de controlar los daños, no quería perder la confianza de los accionistas arriesgándose a mantener una relación con la hija del jardinero.

A pesar de la pena que eso le produjo, Gemma había intentado ver las cosas desde su punto de vista, entender la batalla con la que se enfrentaba. Pero saber que no la consideraba lo bastante buena como para mantener una relación con ella, le había dolido en el alma.

Desde entonces, Gemma había decidido no mirar atrás. Era el equivalente emocional a esconder la cabeza bajo tierra pero, durante los últimos seis años, esa táctica había funcionado.

Mientras colocaba el servicio de té en la mesa, poniendo gran cuidado, una delicada taza cayó sobre el plato y las dos clientas levantaron la cabeza para mirarla con gesto de desagrado.

Gemma dejó la jarra de leche sobre la mesa y secó una gotita que había caído en el mantel para que todo fuese perfecto.

No le molestaba hacer su trabajo, pero ella no era camarera. Tampoco era ya la hija del jardinero de la finca Messena.

Era una ayudante personal entrenada y altamente cualificada, con un título universitario en interpretación y dramaturgia, que era su auténtica pasión, aunque por avatares del destino hubiera terminado siendo empleada de la familia Messena.

Serena y elegante, Luisa tenía el mismo aspecto que cuando la vio por última vez en Dolphin Bay. La amiga que la acompañaba, aunque vestida de manera informal, tenía el mismo aspecto de señora rica, con las uñas perfectas y el pelo precioso. Al contrario que el suyo, recogido en un simple moño.

Mientras colocaba pastelitos y canapés en una bandeja de plata en el centro de la mesa, vio su imagen reflejada en el cristal de la puerta.

No le sorprendía que Luisa no la hubiera reconocido. El uniforme de camarera que llevaba era demasiado ancho y de un tono azul pálido que no la favorecía. Con el pelo sujeto en un severo moño, no parecía guapa o estilosa.

Seguramente, nada que ver con la joven que iba a casarse con Gabriel, a pesar de que ella era la madre de su hija.

Pensar eso era exageradamente dramático e inapropiado y lo lamentó de inmediato.

Había dejado de soñar con Gabriel años antes y, por lo que había oído, él estaba a punto de casarse. Si ese era el caso, estaba segura de que habría elegido a su prometida con el mismo cuidado y consideración con el que llevaba el multimillonario negocio familiar.

Lo que había pasado entre Gabriel y ella había sido una locura y un error para los dos; una mezcla de luz de luna, champán y un momento de caballerosidad cuando Gabriel la salvó de un hombre que intentaba propasarse.

Tres meses más tarde, cuando supo que estaba embarazada, Gemma tomó la decisión de no contárselo.

Por la breve conversación que mantuvo con él

tras la muerte de su padre, sabía que, aunque hubiera estado dispuesto a cuidar de ella y de su hija, solo lo habría hecho por cumplir con una obligación. Por eso había decidido no decirle nada y cuidar sola de Sanchia. Pero hubo algo más que la convenció de que debía silenciar el embarazo.

Tener un hijo con un hombre de la familia Messena habría creado lazos de los que no hubiera podido librarse nunca. Se habría visto obligada a relacionarse con ellos durante el resto de su vida, sabiendo siempre que no era más que una empleada a la que Gabriel Messena había cometido el error de dejar embarazada.

Durante el embarazo, intentando superar el dolor del rechazo de Gabriel, Gemma había tomado la decisión de que Sanchia sería solo suya. Esconder la existencia de su hija le había parecido lo más sensato y lo más sencillo para todos.

Lo que la molestaba del compromiso de Gabriel era pensar que hubiera estado esperando que su prometida estuviera disponible. Si ese era el caso, ella no había sido más que una diversión mientras esperaba a la esposa que más le convenía.

Los recuerdos aparecieron en cascada, distrayéndola completamente del trabajo.

La presión de la boca de Gabriel sobre la suya, el roce de sus dedos en el pelo…

Le dolía que no le hubiese dado una sola oportunidad, que fuera tan superficial como para aceptar una esposa que otros habían elegido en lugar de enamorarse apasionadamente.

Nerviosa, empujó el carrito con más fuerza de la necesaria hacia la puerta y chocó con el borde del sofá.

Luisa Messena la miró con el ceño fruncido, como si estuviera intentando recordar dónde había visto ese rostro.

Gemma dejó el carrito al lado de la puerta y esperó que no recordase aquel verano seis años antes, cuando olvidó las reglas que se había impuesto a sí misma de no acostarse con su hijo.

No se ofreció a servir el té, como hubiera sido lo normal en una camarera. Sonriendo, se despidió con un gesto y empujó el carrito hacia el pasillo.

Cerrando la puerta tras ella, respiró profundamente mientras se dirigía al ascensor de servicio, pero se detuvo cuando le sonó el móvil.

Mirando alrededor para comprobar que estaba sola, se llevó el aparato a la oreja y, de inmediato, escuchó la voz seria de su hija de cinco años.

Se oía un ruidito… Sanchia debía estar jugando con un viejo juguete, un perrito de peluche que hacía ruido cuando se le apretaba la tripita.

Gemma apretó los labios. Era horrible estar separada de su hija cuando lo único que quería era darle un abrazo. Y Sanchia, que adoraba ese peluche, solo jugaba con él cuando estaba cansada o preocupada por algo.

Muy precoz para su edad, su hija le hizo una familiar lista de demandas. Quería saber dónde estaba y lo que estaba haciendo, cuando iría a buscarla y si iba a llevarle un regalo.

Pero después de una breve pausa, la niña le preguntó:

—¿Y cuándo vas a traer a casa un papá?

A Gemma se le encogió el corazón. Sospechaba que su hija había escuchado la conversación que mantuvo con su hermana menor, Lauren, antes de irse a Medinos.

Y allí tenía la prueba.

La referencia al «papá» le rompía el corazón. Si conseguir un marido y un padre para Sanchia fuese tan fácil como ir de compras…

Normalmente, ella era una persona serena y organizada. Como madre soltera, tenía que serlo.

Pero últimamente, desde que una niñera dejó a su hija encerrada en el coche mientras jugaba en el casino de Sídney, su mundo se había puesto patas arriba. Al ver a Sanchia sola en el coche, un transeúnte había llamado a la policía, despertando la alarma de los servicios sociales. Y en la misma semana, Gemma se había visto envuelta en un escándalo por culpa de la amistad que mantenía con su exjefe, Zane Atraeus.

Pero lo peor fue que, cuando despidió a la niñera, la mujer habló con una revista para decir que Gemma no era una buena madre. La historia, una sarta de mentiras, no había salido en primera página porque ella no era importante, pero como se la había relacionado con Zane Atraeus, la prensa aireó tal invención.

15

Por suerte, los medios se había olvidado de ella poco después, pero los servicios sociales de Nueva Zelanda y Australia, a pesar de múltiples entrevistas y explicaciones, habían decidido retirarle temporalmente la custodia de Sanchia.

Cuando intentó salir de Australia con su hija para instalarse en Medinos, la situación había tomado un rumbo aterrador. Los servicios sociales impidieron que tomasen el avión y su madre tuvo que ir a Sídney para hacerse cargo de Sanchia. Pero, para complicar la situación un poco más, su madre había sufrido un infarto y necesitaba un *bypass* urgentemente, de modo que no podía hacerse cargo de la niña.

Gemma apenas podía dormir o comer. Temía que los servicios sociales le retirasen la custodia indefinidamente y no pudiese recuperarla, que no sirvieran de nada las pruebas que aportase de que era una buena madre.

Por suerte, su hermana Lauren, que tenía una casa llena de niños, había conseguido convencer a las autoridades de que ella podía hacerse cargo de Sanchia hasta que todo estuviera solucionado.

Aunque le había dejado claro que la situación no podía alargarse en el tiempo. Con cuatro hijos propios, Lauren estaba muy ocupada y tenía un presupuesto pequeño.

Gemma había tenido que echar mano de sus ahorros para hacerle una transferencia, pero empezaba a quedarse sin tiempo.

Después de tantos años luchando por ella, estaba a punto de perder a su hija y su único objetivo era convencer a los servicios sociales de que era una buena madre. Se había devanado los sesos para encontrar una solución, y solo encontraba una: establecer una relación con vistas al matrimonio.

Su única esperanza de matrimonio era su exjefe, con quien mantenía una buena amistad. A pesar de ser un hombre soltero con reputación de mujeriego, Zane tenía muchas de las cualidades que ella exigía en un posible marido: era guapísimo, honrado, encantador y, sobre todo, le gustaban los niños. Gemma siempre había pensado que si algún día volvía a enamorarse, sería de Zane Atraeus.

Pero Zane era el hombre con el que, según las revistas de cotilleos, había mantenido una relación intermitente durante dos años. No era cierto, solo eran amigos. Cuando Zane necesitaba una acompañante para alguna velada benéfica, siempre la llamaba a ella.

Y siendo un hombre tan asustado de la intimidad como él, eso era importante. Si Zane sentía algo por ella, tal vez estaba esperando que le diera una señal o una situación que le permitiese declarar sus sentimientos.

Si se comprometían, las mentiras de la niñera y los rumores de las revistas quedarían desacreditados. La notoria aventura se convertiría de repente en una relación y las revistas de cotilleos no estaban interesadas en relaciones serias. Que Zane estuviera allí, en Medinos, la había decidido a llevar a cabo su plan.

Lo único que le preocupaba a Gemma era que fuese el primo de Gabriel. Si se casaba con Zane, eso pondría a Sanchia en la órbita de Gabriel Messena...

–Te oí decirle a la tía Lauren que tenías a alguien en mente –siguió su hija.

Gemma decidió cambiar de tema y preguntarle por sus primos.

–Lo pasamos muy bien. Y hoy ha venido la señora de los servicios.

La mujer de los servicios sociales, pensó Gemma, con el corazón acelerado. Un segundo después, su hermana se puso al teléfono.

–No pasa nada, solo era una visita rutinaria. Quería saber cuándo volvías a Nueva Zelanda, así que le he dado la fecha y el número de vuelo.

–Pero no tenían por qué molestarte a ti. Les envié la fecha y el número de vuelo hace días. Además, ellos saben que no he vuelto a Nueva Zelanda porque aún no tengo un trabajo estable allí.

Antes del desastre, había aceptado un puesto como ayudante personal en el *resort* de Medinos, el cuartel general del grupo Atraeus, esperando que fuese el primer peldaño para conseguir un puesto fijo en las oficinas de Nueva Zelanda.

–Tal vez la persona que recibió tu correo no se lo ha pasado a quien debería. Ya sabes cómo son los organismos oficiales.

Gemma intentó mostrarse despreocupada.

–Lo siento, tienes razón. Es que estoy un poco estresada.

–No te preocupes, no voy a dejar que se lleven a Sanchia. Pero vuelve pronto –dijo su hermana.

–Lo haré.

Cuando hubiera conseguido un papá para Sanchia.

Gemma cortó la comunicación y pulsó el botón del ascensor. Las puertas de acero le devolvían su imagen: el uniforme ancho, las mejillas ardiendo, las ojeras.

Gemma hizo una mueca. El miedo que le encogía el corazón era comprensible. Echaba de menos a Sanchia y estaba aterrada por la situación. Tener que demostrar que era una buena madre cuando siempre lo había sido era terrible. Además, había sido una sorpresa encontrarse con Luisa Messena, como si ese encuentro la hubiera devuelto al pasado, a otro momento en el que tampoco había sido lo bastante buena.

Gemma pensó entonces en su hija, con su pelo negro, los ojos oscuros y brillantes. Sanchia era su ancla y la necesitaba desesperadamente.

Podía haber cometido errores, pero, como madre soltera, había hecho muchos sacrificios y todos merecían la pena. Sanchia era la niña más dulce y más adorable del mundo. Lo mejor de su vida.

Como la mayoría de los O'Neill, Sanchia era una niña precoz y espabilada. Lo único que la diferenciaba de ellos era el color de su pelo. Sanchia era morena y exótica, como su padre.

Las puertas del ascensor se abrieron, interrumpiendo sus pensamientos, y Gemma pulsó el botón de la primera planta.

Gabriel iba a casarse.

La noticia no debería significar nada para ella. Habían pasado seis años y el enamoramiento juvenil que había sentido por Gabriel era cosa del pasado.

Respirando profundamente, intentó examinar sinceramente sus sentimientos: tristeza, desconsuelo, y uno que no se atrevía a reconocer, que pudiera seguir sintiendo algo por Gabriel.

Gemma cerró los ojos durante unos segundos, intentando neutralizar cualquier emoción.

Pero, a pesar de sus esfuerzos, le rodó una lágrima por la mejilla. Era culpa del cansancio, del miedo y del estrés, se dijo a sí misma, parpadeando furiosamente.

Las puertas del ascensor se abrieron y, aliviada, Gemma empujó el carrito hasta la zona de servicio antes de volver a la elegante oficina que debería haber sido suya… si los servicios sociales no la hubieran hecho cambiar de opinión.

En lugar de llevar a Sanchia a Medinos para vivir con ella, tenía que volver a casa en el primer vuelo que encontrase. Aquella oficina y aquel trabajo serían de otra persona…

Tomando la carta de renuncia que había escrito una hora antes, entró en el despacho del gerente y suspiró de alivio al ver que no había nadie. Seguramente estaría atendiendo a los clientes que habían ido a Medinos para asistir a la fiesta de Perlas Ambrosi.

Con su renuncia ya oficial, Gemma se sintió si no aliviada, al menos un poco más resignada.

Cuando se daba la vuelta para salir del despacho vio una lista de invitados a la fiesta, que tendría lugar en el castillo Atraeus.

Y lo primero que vio fue el nombre de Gabriel Messena.

Gabriel estaría allí, en Medinos, al día siguiente.

Gemma tuvo una extraña premonición, como si aquel encuentro fuese inevitable, lo cual era absurdo. O tal vez no era absurdo, tal vez el destino estaba uniéndolos de nuevo.

Que apareciese precisamente en ese momento de su vida, cuando estaba intentando ganar una batalla legal para recuperar a su hija, era una extraña coincidencia. Pero Gabriel estaba a punto de comprometerse con otra mujer y ella no pensaba pedirle ayuda, a pesar de ser el padre biológico de la niña.

Tenía que seguir con su plan.

Si Zane la quería, y si podían formalizar su relación, todos sus problemas habrían terminado. Los servicios sociales ya no podrían decir que era una madre irresponsable, las mentiras de la niñera serían desacreditadas y su situación económica ya no sería un problema. Aunque para llegar a eso iba a tener que tomar la iniciativa y empujar a Zane a reconocer sus sentimientos por ella.

Capítulo Dos

Gabriel bajó del avión que lo había llevado a Medinos y entró en la sala de primera clase, llena de empresarios, ejecutivos y turistas, mirando alrededor con gesto de impaciencia.

Su hermano menor, Nick, que llegaría de Dubái en unos minutos, había pedido una reunión urgente con él allí.

Cinco minutos y media taza de café después, Gabriel lo vio entrar en la sala, con un polo y un pantalón oscuros. Dejándose caer a su lado, Nick abrió el maletín para entregarle unos documentos. Era un contrato para la construcción de un rascacielos en Sídney, con un plan de gastos y beneficios.

–¿Qué tal el vuelo?

Su hermano hizo una mueca antes de mirar la revista que Gabriel había dejado sobre la mesa de café.

–Zane –murmuró con tono exasperado–. En la prensa otra vez, con otra mujer.

Gabriel dobló la revista y la dejó en el suelo, junto a su maletín. Había leído el artículo en el avión. No se decía que la hija de Gemma fuese de Zane, pero la insinuación era clara.

Volviendo su atención al documento que Nick quería que examinase, Gabriel hizo un esfuerzo para concentrarse en los problemas más acuciantes de su familia: una arcaica cláusula en el testamento de su padre y su viejo tío y fideicomisario del banco, Mario Atraeus, que tenían el poder de llevarlos a la ruina si no hacían algo, y pronto.

Habían podido controlar la situación hasta que Mario empezó a comportarse de manera excéntrica, negándose a firmar documentos cruciales y «perdiendo» otros.

Las excentricidades de Mario se habían vuelto insoportables cuando intentó usar su poder como fideicomisario para obligarlo a casarse con su hija adoptiva, Eva Atraeus.

En ese momento, Gabriel había entendido lo que había detrás de las maquinaciones de su tío, un hombre viudo que temía morir dejando a su hija soltera. Según la tradición de la familia, no habría cumplido su papel de padre si no que quería asegurase un buen matrimonio para Eva.

Y Gabriel, el cabeza de familia tras la muerte de su padre, se había convertido en su objetivo.

Pero él tenía muy clara una cosa: cuando por fin decidiera contraer matrimonio, sería él quien eligiese a su esposa. Ni Mario ni nadie más. No aceptaría un matrimonio de conveniencia sencillamente para honrar sus responsabilidades familiares.

Dejando el documento sobre la mesa, Gabriel miró su reloj.

—No puedo liberar los fondos. Ojalá pudiese hacerlo, pero necesito la firma de Mario.

Nick apretó los dientes.

—Tardó dos meses en aprobar el último préstamo. Si volvemos a retrasarnos, el constructor se echará atrás.

—Déjamelo a mí. Yo encontraré la manera de convencerlo.

—Hay una solución, podrías casarte —dijo Nick, con expresión burlona. Se refería a la cláusula en el testamento de su padre basada en la tradición familiar, según la cual un hombre comprometido formalmente o casado era más responsable que uno soltero. Era la única forma de evitar que Mario pudiera oponerse a cualquier decisión y la única manera de poner el control del banco en manos de Gabriel.

—Muy gracioso.

Su hermano sacó el móvil del maletín.

—O podrías comprometerte. Un compromiso se puede romper.

Gabriel torció el gesto, pero Nick no se dio cuenta porque estaba ocupado leyendo sus mensajes. Sin duda, organizando su ajetreada vida social.

A veces se preguntaba si alguno de sus cinco hermanos era consciente de que él era un hombre soltero, mayor de edad y con una vida propia, aunque fuese una vida vacía.

—No habrá boda ni compromiso. Hay una solución más simple: un informe psiquiátrico de Mario lo apartaría de su puesto como fideicomisario.

O eso o seguir soportando los problemas que creaba durante seis meses más, hasta que él cumpliera treinta y un años y pudiera hacerse cargo del banco.

–Pues buena suerte –dijo Nick–. La verdad, no sé cómo conservas la calma.

Manteniéndose alejado de su familia siempre que le era posible.

Esa costumbre lo mantenía aislado y lo hacía sentir un poco solitario, pero al menos lo ayudaba a permanecer cuerdo.

Nick dejó el móvil y se echó hacia atrás en el sofá, con el ceño fruncido.

–Mario podría arruinarnos. Si pudieras llevarlo al psiquiatra… ¿cuánto tiempo crees que tardaríamos en tener un informe?

Su hermano no parecía entender que Mario no iba a cooperar en el proceso de demostrar que había perdido la cabeza.

–Hablaré con él en cuanto vuelva de Medinos.

Nick puso los ojos en blanco.

–¿Y cuándo se lo dirás, antes o después de su siesta?

Gabriel arrugó el vaso de café y lo tiró a una papelera cercana.

–Probablemente durante la siesta.

–Si no consigo financiación de la familia tendré que acudir a otro sitio.

De otro modo perdería hasta la camisa y Gabriel lo sabía. Su hermano menor, Damian, estaba en la misma situación, como un buen número de clientes importantes. Si no podía solucionar la situación, perderían una fortuna.

Gabriel guardó los documentos en su maletín, tomó la revista y se levantó. Nick hizo lo propio.

–Tengo una semana para conseguir el dinero y no quiero llevarme el negocio a otro banco, como puedes imaginar.

–Con un poco de suerte, no tendrás que hacerlo. Por lo visto, Constantine quiere que le haga un favor.

Su primo Constantine Atraeus era la razón de su visita a Medinos. Constantine, cabeza de familia y director del grupo, un hombre inmensamente rico, entendía bien su situación porque había tenido un problema similar con su padre, Lorenzo, el hermano de Mario, que se había portado de la misma forma al llegar a cierta edad.

Nick esbozó una sonrisa.

–Eso significa que podrás negociar.

Pero a Gabriel no le pasó desapercibida una nota de preocupación en el tono de su hermano. Si no podía obtener el apoyo de Constantine para alejar a Mario de su puesto como fideicomisario, Nick se iría a otro banco y los medios de comunicación lo reflejarían de inmediato en sus portadas, con el consiguiente detrimento para su reputación.

Nick, que caminaba a su lado mientras iban hacia la puerta de la terminal, señaló la revista.

–¿No es Gemma O'Neill, de Dolphin Bay, con la que saliste una vez?

Gabriel apretó los labios. No había esperado que Nick recordase a Gemma.

—No salía con ella exactamente.

La expresión «salir juntos» no servía para describir la apasionada noche que habían pasado en la casita de la playa.

—Gemma trabaja para el grupo Atraeus. Antes era la ayudante de Zane.

Nick se encogió de hombros.

—Ah, eso lo explica todo. Ya sabes cómo son esas revistas de cotilleos… seguramente fueron juntos a una cena o algo así.

—Tal vez.

Pero si la hija de Gemma era hija de Zane, la situación sería muy diferente.

Y si ese era el caso, él era en parte responsable. Si no hubiese recomendado a Gemma para el puesto de ayudante…

Sin saberlo, su recomendación había puesto a Gemma en el camino de Zane.

No conocía a Zane tan bien como conocía a sus otros dos primos, Lucas y Constantine, pero sí lo suficiente como para saber que no tenía intención de casarse. Zane Atraeus estaba más interesado en aventuras breves y sin importancia.

Sintió algo, no sabía bien qué, al pensar que Gemma se había dejado seducir por un hombre cuyo interés por ella era egoísta y superficial. A pesar de haber tenido una hija, estaba claro que Zane no tenía intención de casarse con ella.

Y Gemma lo había seguido hasta Medinos.

Zane parecía muy contento dejando que ella se hiciera cargo de su hija. Además, Gabriel había hecho algunas llamadas desde el avión y había descubierto que su primo salía con otra mujer.

No sabía cómo o cuándo llegaría su oportunidad; lo único que sabía era que con la actitud egoísta y despreocupada de Zane, sería más temprano que tarde.

Gemma se mezcló con los invitados que habían acudido a la fiesta organizada por Perlas Ambrosi y miró a la gente reunida en uno de los salones del castillo Atraeus, iluminado por grandes lámparas de araña.

Un salón lleno de hombres altos y morenos y mujeres elegantemente vestidas. Ricos y poderosos miembros de las formidables familias Atraeus y Messena.

El corazón le dio un vuelco al ver unos hombros anchos y un perfil masculino que conocía bien. El corazón pareció detenérsele por un segundo.

Bajo la lámpara de araña, las facciones de Gabriel parecían esculpidas, su mandíbula sólida y oscurecida por la sombra de barba. Su pelo, de un negro brillante, era más largo de lo que recordaba, casi rozándole el cuello de la camisa.

Gemma apretó el bolsito de encaje que hacía juego con su sencillo pero elegante vestido negro de cóctel.

Nerviosa, tenía que hacer un esfuerzo para respirar. Había esperado que Gabriel no fuese a la fiesta, sabía que no le gustaban las reuniones sociales y en las pocas ocasiones en las que había acudido a alguna, ella había encontrado una excusa para no asistir. Pero esa noche no había alternativa. Si quería hablar con Zane, tenía que estar allí.

En ese momento, él volvió la cabeza y la oscura mirada que nunca había podido olvidar se clavó en la suya.

El corazón le dio un vuelco. Había pensado que tal vez Gabriel no la reconocería, pero no era así. La había reconocido y, por su expresión, no estaba contento de verla.

Gemma hizo lo posible para disimular su agitación; cuando fue a darse la vuelta estuvo a punto de chocar con un camarero.

Ruborizándose, y murmurando una atropellada disculpa, se abrió paso entre la gente.

Aunque ya no podía ver a Gabriel, notaba su mirada clavada en la espalda y, de repente, sintió una oleada de pánico. Sabía que iba a acudir a la fiesta, de modo que no debería sorprenderla tanto, pero habría deseado no verlo precisamente esa noche.

Por fin, Zane apareció en el salón y Gemma vio los tres diamantes en el lóbulo de su oreja, algo que a ella siempre le había parecido poco masculino; al contrario que el serio esmoquin de Gabriel, que le daba un aire poderoso y formidable.

Recordando sus clases de interpretación, intentó esbozar su mejor sonrisa.

El rápido abrazo, puntuado por el destello de una cámara, no era algo inusual entre ellos, pero en ese momento abrazar a Zane le parecía horriblemente falso.

Hasta que vio a Gabriel, su decisión de hacer algo para que su relación de amistad se convirtiera en una relación amorosa para recuperar a Sanchia le había parecido viable. En aquel momento, y en un par de minutos, todo había cambiado.

Ver a Gabriel la había alterado por completo. Una sola mirada y se sentía culpable, como si de algún modo estuviera traicionándolo, lo cual era ridículo. Aunque Gabriel era el padre biológico de Sanchia, eso era todo lo que podía ser.

Fue un alivio que Zane, que parecía distraído, no mostrase deseos de quedarse con ella.

Cuando rechazó su sugerencia de salir a la terraza porque tenía que charlar con los demás invitados, Gemma decidió poner su plan en acción.

Pero mientras se dirigía a la puerta intentó ver ese plan desde el punto de vista de Gabriel y no le gustó nada la imagen que daba de ella.

Por primera vez en su vida estaba intentando no ser tan independiente como le habían inculcado desde niña y pedirle a un hombre que considerase la idea de tener una relación con ella.

Gabriel podía desaprobarlo todo lo que quisiera, pero la realidad era que él había desaparecido de su vida seis años antes.

El plan A había fracasado y, desafortunadamente, iba a tener que acudir al plan B.

Gabriel rechazó la copa de champán que le ofrecía un camarero para buscar a Gemma con la mirada. Un grupo de empresarios japoneses se apartó en ese momento y pudo ver de nuevo la piel de porcelana, el pelo rojo como el fuego y el vestido negro de encaje.

Constantine Atraeus enarcó una ceja.

–Gemma O'Neill. Esa chica llegará lejos… o más bien hubiera llegado lejos. Acaba de renunciar a su puesto de trabajo por una cuestión de índole personal.

Gabriel recordó a Gemma abrazando a Zane y tuvo que apretar los dientes. Pero acababa de entender por qué había renunciado a su puesto en la empresa. De modo que los rumores que publicaba la revista eran ciertos…

Había estado reunido durante todo el día con Constantine y en esa reunión habían acordado que él supervisaría durante un tiempo la creación de la franquicia de Perlas Ambrosi en Auckland. Pero no había podido comprometerse a firmar un préstamo para el grupo Atraeus porque Mario lo vetaría.

Podía conseguir personalmente el dinero que Constantine necesitaba, pero tardaría tiempo y eso era precisamente lo que no tenía.

–¿Se ha comprometido con Zane? –le preguntó.

–¿Zane? –su primo parecía sorprendido–. Que yo sepa, Gemma y él son amigos y nada más. Aún no se ha hecho público, pero Zane está a puntó de comprometerse con Lilah Cole. Aunque un compromiso es precisamente lo que Gemma necesitaría en este momento.

Gabriel frunció el ceño cuando Constantine mencionó otro cotilleo que había aparecido en Internet: que Gemma tenía problemas con la custodia de su hija.

La mujer de Constantine, Sienna, una guapísima rubia, se unió a ellos en ese momento, dando por terminada la conversación. Y cuando buscó a Gemma con la mirada, había desaparecido. Al igual que Zane.

Irritado, Gabriel se excusó para tomar un poco el aire.

La terraza de piedra, con sus espectaculares vistas del sereno mar Mediterráneo y el cielo cubierto de estrellas, estaba vacía.

Gabriel se apoyó en la barandilla y miró los últimos rayos del sol escondiéndose en el mar.

No sabía qué habría hecho si hubiera encontrado a Gemma y a Zane abrazados allí. Su reacción ante aquella situación no estaba siendo ni considerada ni táctica, sino sencillamente instintiva.

Con la mirada clavada en el mar, dejó que el fresco de la noche lo calmase un poco. Pero una imagen del pasado, un pelo rojo sobre su pecho, el cuerpo cálido de Gemma a su lado, apareció entonces, haciéndole olvidar todo lo demás.

En medio del dolor por la repentina muerte de su padre, y el consiguiente escándalo en la prensa, no había tenido tiempo para la pasión que lo había golpeado como un rayo.

Pero eso ocurrió seis años antes. Desde entonces, la situación había cambiado. Su familia se había recuperado del doble golpe que representó la muerte de su padre y la actividad del banco había sido fantástica hasta unos meses antes, gracias a su trabajo y a las brillantes ideas de su hermano menor, Kyle, en cuestión de inversiones.

El único problema era Mario. Y sus maquinaciones, que habían empezado a crear serios problemas para el negocio.

Entonces recordó el alivio que había sentido cuando Constantine le dijo que Zane estaba a punto de comprometerse con Lilah Cole, una de las diseñadoras de Perlas Ambrosi.

Y recordó también lo que había sentido al ver a Gemma en los brazos de Zane. Estaba claro que ella no sabía nada de su compromiso.

Que Zane no tuviese valor para contarle que iba a casarse con otra mujer lo enfurecía. Si no estaba equivocado, Gemma iba a llevarse una gran desilusión.

No era exactamente una repetición de lo que había ocurrido seis años antes, pero sí algo muy parecido.

Pensar que tras años controlando su vida con mano de hierro podría volver a vivir la pasión que le había hecho perder la cabeza en Dolphin Bay hizo que todos los músculos de su cuerpo se pusieran tensos, pero el deseo de hacerlo estaba atemperado por su innata cautela.

No podía olvidar la obsesiva pasión que había terminado con la muerte de su padre. No podía abandonarse al deseo… pero, de repente, se le ocurrió una idea.

Gemma necesitaba una relación estable para recuperar la custodia de su hija y él necesitaba una prometida temporal para sortear la cláusula que impedía que se hiciera cargo del banco.

Un compromiso falso sería la solución para los dos y, en su caso, una forma de explorar la pasión que corría por sus venas.

Satisfecho, Gabriel volvió al salón. Gemma no estaba por ninguna parte y tampoco Zane.

Pero la encontraría, solo era una cuestión de tiempo. Conocía el castillo palmo a palmo… solo esperaba no encontrarla con Zane. Pero si ese era el caso, decidió fríamente, lidiaría con la situación como lo hacía siempre su familia, sin público.

Gemma entró en la alcoba que estaban usando como ropero, donde había dejado una bolsa de tela antes de entrar en el salón. Cerrando la puerta, se apoyó en ella durante unos segundos, intentando respirar con normalidad.

Después, rebuscó entre la carísima colección de bolsos de las demás invitadas y encontró su bolsa sobre una mesita de madera tallada que seguramente llevaría allí siglos y que, sin duda, valdría una obscena cantidad de dinero.

Que la familia Atraeus dejase una antigüedad así en una alcoba que era poco más que un almacén dejaba claro el abismo que había entre unas vidas y otras.

Zane no era un típico Atraeus, y esa era una de las razones por las que resultaba tan fácil congeniar con él. Aunque llevaba el mismo apellido que los demás, Zane no provenía de una familia multimillonaria y sabía lo que era ser pobre.

Temblando, Gemma miró el camisón de encaje negro y la botella de champán que había guardado en la bolsa. Y, al fondo, una revista con un artículo titulado: «Diez métodos infalibles para seducir a un hombre».

Después de estudiar todos los métodos, había elegido la sorpresa de cumpleaños, con ella como sorpresa. Pero le asqueaba tener que recurrir a esas tácticas. Incluso viéndolo como una escena teatral, no estaba segura de poder hacerlo.

En el último momento, también había guardado un sobre con preciosas fotografías de Sanchia.

El plan C, por si acaso todo lo demás fallaba.

Gemma volvió a recorrer el pasillo de piedra de la fortaleza, con arcaicas lámparas de bronce que apenas podían iluminar el interior. Con la boca seca, abrió la puerta de la habitación de Zane, usando la llave que había encontrado en el cuarto de la limpieza, y cerró tras ella a toda prisa.

La habitación tenía una pequeña cocina y abrió

la nevera para guardar la botella de champán francés antes de empezar con los preparativos. Si Zane hubiese querido hablar con ella no habría tenido que usar esa treta… pero cuando miró la enorme cama se dio cuenta del riesgo que estaba corriendo y empezó a tener dudas.

Se había mostrado frío con ella, y eso le había hecho perder confianza. La idea de proponerle un compromiso empezaba a parecerle imposible, pero tal vez un compromiso falso…

Su plan de seducción le parecía absurdo por una sencilla razón: entre Zane y ella solo había una buena amistad.

Era un problema del que había querido olvidarse, pero que en aquel momento le parecía un error fatal.

No sabía por qué no encontraba entusiasmo para enamorarse apasionadamente de Zane, a pesar de trabajar y salir con él en muchas ocasiones. Según las revistas de cotilleos, prácticamente todas las mujeres del planeta estaban locas por su exjefe, pero ella, en lugar de estar emocionada, estaba temblando como una hoja. Y la idea de tocar a Zane, de besarlo, por ejemplo, le parecía insoportable.

Una imagen de Gabriel, y de su fría y penetrante mirada, hizo que se detuviera de golpe en medio del salón.

En ese momento, el retrato de una mujer con un vestido de seda rosa llamó su atención. El rosa era el color favorito de Sanchia…

Pensar en su hija le dio valor y, tomando la bolsa, se dirigió al baño resueltamente. Apartando la mirada del espejo de cuerpo entero con marco de pan de oro, otra pieza de museo seguramente, Gemma se cambió a toda prisa.

Pero mientras guardaba el vestido en la bolsa vio su imagen reflejada en el espejo y se quedó helada. Con el pelo suelto, los ojos oscurecidos, su pálida piel brillando bajo el encaje negro del camisón, parecía una cortesana de lujo.

Esa era la idea, por supuesto, que Zane se quedase sorprendido al verla como una mujer y no como una amiga.

Pero, curiosamente, sentía que iba a traicionar a Gabriel. Aunque no sabía por qué debía sentirse culpable. A menos que siguiera enamorada de él…

Gemma parpadeó, sorprendida por un pensamiento que había estado ahí, aunque ella no quisiera, desde que escuchó la conversación de su madre en la terraza del hotel.

Eso explicaría su nerviosismo, la tensión que había sentido al ver a Gabriel esa noche. No solo porque estuvieran en la misma habitación o porque pudiera descubrir la existencia de Sanchia. No, había experimentado una emoción femenina que la había hecho temblar de los pies a la cabeza.

La misma emoción que había experimentado seis años antes y que había terminado en un embarazo.

La clase de emoción que no sentía por Zane.

Reconocer que había sido incapaz de enamorarse de alguien después de ese apasionado interludio con Gabriel la dejó inmóvil por un momento.

Pero era hora de sacar la cabeza de bajo tierra. En su vida faltaba pasión no porque estuviera muy ocupada como madre soltera o demasiado cansada para salir con hombres, sino porque Gabriel Messena seguía importándole.

Nerviosa, salió del baño con el estómago encogido y las piernas temblorosas. Mareada, miró las paredes blancas, los muebles... no sabía cómo había ocurrido, pero así era.

Se había convencido a sí misma de que Gabriel representaba el pasado, pero era virgen cuando hicieron el amor. Él había sido su primer y único amante. Nunca había vuelto a amar a nadie. Su experiencia con el amor, el sexo y la pasión estaba unida a Gabriel Messena y a nadie más.

Era lógico que reaccionase de ese modo. Después de ver a Gabriel, las emociones que había experimentado solo con él habían vuelto a la superficie.

Un golpecito en la puerta la sobresaltó. La lógica le decía que no podía ser Zane, ya que él no llamaría. Pensar que pudiera ser Gabriel la dejó sin aliento, aunque era absurdo. Gabriel no podía saber que estaba en la habitación de Zane.

Además, no se había puesto en contacto con ella en todos esos años, ¿por qué iba a hacerlo en aquel momento precisamente?

Subiendo el escote del camisón todo lo que era posible, tomó la manilla medieval de hierro y abrió un poco…

Era Lilah, y un gran sentimiento de culpa se apoderó de ella al ver la expresión de la otra mujer.

Sabía que Lilah se sentía atraída por Zane y parecía estar persiguiéndolo con moderado éxito, pero había decidido ignorar esa complicación porque muchas mujeres perseguían a Zane.

La expresión de Lilah se volvió helada al ver lo que llevaba puesto.

—No sé qué pretendes, pero el sexo no hará que Zane, ni ningún otro hombre, tenga una relación contigo.

Gemma sintió una punzada de dolor. Seis años antes, en lugar de unirlos, el sexo había destruido cualquier posibilidad de una relación con Gabriel. Seguramente él habría pensado que era costumbre suya hacer el amor en la primera cita.

Aunque no sabía por qué pensaba en Gabriel en ese momento, cuando la situación era enteramente diferente. Aquel intento de seducción era para que Zane la viese como una mujer y dejase de tratarla como a una amiga.

Gemma levantó la barbilla.

—¿Y tú cómo sabes eso?

En los ojos de Lilah vio el mismo dolor que ella había experimentado unos segundos antes. Y entonces entendió que estaba enamorada de Zane.

—Si no has podido hacer que se enamorase de ti en dos años, seguramente no va a pasar nunca.

Ese era el problema y Gemma lo sabía, aunque no había querido reconocerlo hasta ese momento.

En realidad, se sintió aliviada porque Lilah estaba diciendo la verdad: el tiempo pasaba y no ocurría nada nuevo entre Zane y ella. Y había habido muchas oportunidades.

Había querido creer que siempre estaba cansada y estresada, intentando controlar a una larga lista de niñeras y un trabajo que incluía viajar a menudo. El sexo no había sido nunca una prioridad, pero lo sería para un hombre como Zane.

Pero Zane y ella eran amigos y no podían ser nada más.

De repente, se puso colorada hasta la raíz del pelo al recordar que estaba medio desnuda delante de Lilah, vestida para una escena de seducción y evidentemente esperando a Zane.

Tenía que salir de allí antes de que llegase.

Disculpándose con Lilah, cerró la puerta y se vistió a toda prisa mientras miraba alrededor para comprobar que todo estaba en su sitio. Luego, sacó la botella de champán de la nevera, se puso los zapatos y miró alrededor por última vez.

Debía haber perdido la cabeza para pensar que podría seducir a Zane Atraeus. Era el mismo absurdo optimismo al que se había agarrado cuando cometió el error de acostarse con Gabriel.

Aún recordaba lo que sintió al saber que las horas que habían pasado juntos no significaban nada para él y el alivio que mostró un mes más tarde, cuando le dijo que no estaba embarazada.

La expresión dolida de Lilah lo había dicho todo. Todo lo que ella debería saber: que los multimillonarios guapísimos no se casaban con chicas que no tenían nada.

Colgándose el bolso al hombro, se dirigió a la puerta, desesperada por salir de allí. Pero cuando puso la mano en la manilla, la puerta se abrió y Zane entró en la habitación.

Y unos minutos después, cuando supo la verdad, que Zane estaba enamorado de Lilah, Gemma escapó a toda prisa.

Se sentía tan aliviada mientras corría por el pasillo, sus tacones repiqueteando sobre el suelo de piedra, que tardó un segundo en reconocer al reportero que había estado circulando por la fiesta.

Pero cuando lo hizo se dio la vuelta bruscamente. No tenía intención de volver a la suite de Zane, pero había muchas otras habitaciones. Encontraría una salida y escaparía de allí.

Pero entonces vio que la puerta de la suite de Zane estaba entreabierta… si salía al pasillo, el reportero les haría una fotografía. Y como no había posibilidad de una relación, eso era algo que no podía ocurrir.

Nerviosa, Gemma estaba mirando alrededor cuando otra puerta se abrió frente a ella. Era una puerta escondida en la pared que, según los libros que relataban la historia del castillo, llevaba a la armería y a los establos. Era una red de pasadizos construida en la fortaleza en caso de ataque.

Apareció una cabeza masculina.

Sorprendida, Gemma estuvo a punto de tropezar, pero él la sujetó por los brazos mientras ella le ponía las manos en los hombros.

No era alguien del personal usando el conveniente atajo para llevar sábanas o una bandeja de champán sino un miembro de la familia Atraeus que, en siglos pasados, hubiera sido sin duda el defensor de la fortaleza: Gabriel Messena.

El corazón se le volvió loco, la presión de las manos masculinas le provocaba un escalofrío en la espina dorsal. Casi en el mismo instante registró el destello de una cámara y vio la sombra del reportero al final del pasillo.

Gabriel miró la seda negra que asomaba por el borde de la bolsa y luego la miró a ella, como si lo entendiese todo.

Y Gemma se puso pálida, el estómago se le encogió de vergüenza. No sabía cómo, pero Gabriel sabía lo que había intentado hacer.

En lugar de soltarla, aumentó la presión en sus brazos, tan cerca que podía sentir el calor que irradiaba su cuerpo.

–Zane está a punto de comprometerse –le dijo, el ronco timbre de su voz haciéndola temblar–. Si no quieres que ese reportero confirme que eres su amante, deberías besarme ahora mismo.

Capítulo Tres

Un nuevo destello de la cámara iluminó el oscuro pasillo, haciendo que a Gemma se le encogiera el estómago un poco más. Aunque no tanto como saber que Gabriel había leído los cotilleos de las revistas, según los cuales tenía una aventura con Zane.

–Sé que Zane está enamorado de Lilah. Acabo de descubrirlo.

Gemma vio un brillo de alivio en sus ojos.

–Me alegro –dijo Gabriel–. Vamos, no hay tiempo.

Ella apretó los labios, mortificada. No podía dejar que hablasen de ella como la amante de nadie, y menos de Zane Atraeus, porque eso daría una imagen frívola e irresponsable.

–Un beso –asintió por fin.

Poniéndose de puntillas, apoyó las manos en los anchos hombros masculinos mientras él la tomaba por la cintura, atrayéndola hacia su torso.

El beso, por breve que fuese, la hizo sentir un escalofrío inesperadamente poderoso y cargado de recuerdos: el húmedo calor de la noche de verano, el susurro de las olas en la playa, el peso del cuerpo de Gabriel sobre el suyo…

El aroma a almizcle de su colonia masculina la hacía temblar.

Si no sabía que había cometido un error al besar a Gabriel, lo supo en aquel momento.

De repente, el inesperado destello de una cámara la cegó, seguido del sonido de unos pasos alejándose por el pasillo.

El reportero.

En ese instante vio que se abría una puerta a unos metros de ellos. Era Zane, saliendo de la suite. Afortunadamente, estaba de espaldas a ellos, con la bolsa de viaje y las llaves en la mano.

Gabriel tiró de ella y, de repente, se vio envuelta en la oscuridad. La puerta secreta se cerró silenciosamente, dejándolos en un claustrofóbico corredor que olía a humedad y a siglos de polvo. Gemma había esperado que fuese oscuro como la boca de un lobo, pero sorprendentemente, en medio de aquel pasadizo medieval había una bombilla que iluminaba una escalera de piedra.

Con el corazón latiendo por una sobrecarga de adrenalina y por la emoción de estar con Gabriel otra vez, Gemma se apartó… y dio un respingo cuando su espalda desnuda rozó la piedra helada de la pared.

Encerrados en aquel espacio tan estrecho, con la presión del beso aún en sus labios, dejó de pensar en todo lo que había ido mal y sencillamente disfrutó del momento.

–Por aquí –dijo Gabriel, señalando los escalones de piedra–. Llevan a la armería y a los establos, que han sido convertidos en cocheras. No tan romántico como en los viejos tiempos, pero un atajo conveniente si has olvidado las llaves del coche.

Cuando lo vio sonreír, el estómago le dio un vuelco.

Y se encontró devolviéndole la sonrisa. Había hecho una estupidez, se había avergonzado a sí misma con el absurdo intento de seducción y un reportero estaba a punto de publicar otro titular escandaloso. Pero al lado de Gabriel, en aquel pasadizo secreto, Gemma experimentó un escalofrío de emoción.

Seguía sintiendo un cosquilleo en los labios y no podía dejar de pensar en la intimidad de estar a solas con el hombre con el que había pensado que jamás volvería a estar solas, el padre de su hija.

Sabía por qué había besado a Gabriel, porque era el rescate que necesitaba, pero no sabía por qué la había besado él…

La gratitud que había sentido cuando apareció empezó a disiparse, y su presencia en el momento exacto en el que necesitaba ayuda empezaba a ser desconcertante.

¿Caballerosidad? Definitivamente. ¿Deseo? No, no podía ser.

La luz de la bombilla destacaba sus altos pómulos, la nariz recta y la cicatriz que tenía en la sien derecha. Se la había hecho durante una pelea en Medinos, cuando era un adolescente.

Entrenado en defensa personal, como todos los miembros de la familia, Gabriel había intentado impedir un atraco y ese había sido el resultado. La cicatriz le daba un aspecto peligroso... había nacido en Nueva Zelanda, pero no podía olvidar que pertenecía a una familia poderosa, con un linaje de siglos.

–No te preocupes por el reportero, a menos que conozca el mecanismo de la puerta no puede seguirnos. Lo cual me recuerda...

Gabriel sacó el móvil del bolsillo. Su conversación con el equipo de seguridad del castillo para pedirles que comprobasen las credenciales del reportero fue breve y directa. Sus miradas se encontraron de nuevo cuando cortó la comunicación.

–Debería llevar su credencial en la solapa. Si no tiene invitación, con un poco de suerte podremos detenerlo antes de que salga del castillo y borrar las fotografías.

Nerviosa, Gemma intentó esconder discretamente el camisón.

–Gracias.

Aunque no tenía muchas esperanzas de que ese fuera el final del asunto. Con su mala suerte, las fotos ya habrían sido enviadas al editor de alguna revista escandalosa.

–Si quieres, puedo llevarte al hotel.

–No tienes que hacerlo –respondió Gemma, intentando sonreír. Se sentía en deuda con él. Por fin pensaba con claridad en lugar de reaccionar por instinto, y lo último que quería era molestarlo más–. Llevo el móvil, así que llamaré a un taxi.

–Si no has llamado a un taxi para que venga a

buscarte, probablemente tendrás que esperar horas. En Medinos no hay muchos, y cuando Constantine organiza una fiesta están todos contratados de antemano –Gabriel la miró a los ojos–. Pero podrías esperar en la puerta. Tal vez encuentres a alguien dispuesto a compartir uno contigo.

Por supuesto, él sabía que esperar en las escaleras del castillo, donde los periodistas podrían localizarla de inmediato, era lo último que deseaba.

Y eso significaba que probablemente había leído las mentiras que escribían sobre ella. Por eso había aparecido precisamente en el momento en que salía de la suite de Zane. Y agradecía su intervención, aunque no conocía sus motivos. Como él mismo había sugerido que se besaran, sería una ingenua si descartase que, a pesar del tiempo que había pasado, tal vez Gabriel seguía sintiendo algo por ella.

Pero, por seductor que fuera ese pensamiento, Gemma era abrumadoramente consciente del peligro que representaba. Gabriel tenía el poder de ayudarla, pero si descubría que era el padre de su hija, también podría complicarle la vida aún más.

–Creo que tú sabes que exponerme al escrutinio de los medios no es precisamente lo que quiero hacer en este momento.

–Sé que tienes una hija y un problema con su custodia –asintió él–. Y, por eso, presionar a Zane es lo último que deberías haber hecho.

Gabriel vio que Gemma palidecía. No había querido ser tan brusco.

Tendría que hablar con Zane antes de que se fuera de Medinos. Si estaba a punto de comprometerse con otra mujer, debía olvidarse de ella para siempre.

Experimentaba una extraña satisfacción mientras la llevaba por la escalera, que terminaba en un húmedo y helado corredor de piedra detrás de las cocinas del castillo, y abría la pesada puerta que daba a la zona norte del castillo.

Nerviosa, Gemma se colocó un mechón de pelo detrás de la oreja, pero, al hacerlo, su bolsito cayó al suelo y cuando se inclinó para recuperarlo, Gabriel vio que lo que sobresalía de la bolsa no era el chal que había esperado sino una prenda de ropa interior.

Experimentó una furia desconocida, pero eso le hizo tomar una decisión.

—Gracias —murmuró Gemma.

En lugar de colocarse el bolsito al hombro lo metió en la bolsa, intentando esconder el champán y el camisón. Pero, al hacerlo, vio algo por el rabillo del ojo.

Zane salía del castillo, en dirección a las cocheras.

—¿Podemos ir por otro sitio? —le preguntó.

Gabriel tuvo que disimular una sonrisa de satisfacción al ver que, en lugar de buscar a Zane, Gemma intentaba evitarlo a toda costa.

—Mi coche está aparcado a unos metros de aquí. Puedo llevarte al hotel, no es ningún problema.

–Muy bien, creo que aceptaré la oferta.

Gabriel buscó a Zane con la mirada, aliviado al ver que su primo había desaparecido en las cocheras.

Mientras iban hacia su coche, Gemma miró la impresionante fachada del castillo, sobre el acantilado. A cierta distancia, las olas golpeaban las rocas, llenando el aire de espuma.

–Este sitio es fabuloso. Me habría gustado verlo de día… –Gemma no terminó la frase–. No, no he dicho nada. Estoy harta de castillos y de fiestas y, sobre todo, de gente con cámaras.

Gabriel vio los faros de un coche que desaparecía por el camino y, satisfecho, dejó escapar un suspiro de alivio.

–Creí que ya conocías el castillo.

–Venía a Medinos a menudo cuando era ayudante de Zane, pero nunca me invitaron al castillo. Es la primera vez que vengo –Gemma se detuvo abruptamente al lado de un viejo olivo–. Lo que no entiendo es por qué estás ayudándome.

Porque estaba cansado de solucionar los problemas de los demás y quería recuperar su vida. Porque quería lo que habían compartido seis años antes.

La proximidad de Gemma lo quemaba, su aroma a gardenias lo seducía y se alegró de que no pudiera ver su expresión en la oscuridad.

En cuanto tuviese oportunidad, pensaba pedirle explicaciones a Zane por su comportamiento. Si iba a comprometerse con Lilah era porque tenía una relación con ella… mientras se acostaba con Gemma.

–Tal vez no me gusta cómo te ha tratado Zane.

Ella lo miró, sorprendida, y Gabriel se preguntó qué le habría pasado en los últimos años para no reconocer que estaba siendo tratada con desprecio. Ella no era así.

–Zane no me ha tratado mal. Al contrario, ha sido muy bueno conmigo –sin pensar, Gemma miró sus labios y por un momento el aire se volvió incandescente. Pero apartó la mirada enseguida–. Ha sido siempre un buen amigo. Lo que pasa es que últimamente tengo muy mala suerte.

Antes de que él pudiera decir nada, Gemma siguió caminando, la brisa, que aplastaba el vestido contra sus curvas, la hacía parecer más delgada que antes, una figura solitaria y frágil.

Le había impuesto su presencia, sugiriendo un beso que ella no deseaba…

Lo que no entendía era por qué quería proteger a Zane. La única conclusión era que, a pesar de su compromiso y la horrible manera en la que la trataba, Gemma seguía enamorada de él.

Era una complicación que Gabriel no había anticipado y una que estaba decidido a erradicar.

Si Gemma no se sintiera atraída por él se habría apartado, pero ese no era el caso. Su repuesta al beso había sido clara e inmediata. La había visto en el brillo de sus ojos, en el rubor que cubría sus mejillas y en los rápidos latidos de su corazón mientras se besaban.

Tal vez él no tenía mucha experiencia en relaciones sentimentales, pero un solo beso y el tiempo se había esfumado. No estaba equivocado sobre la respuesta de Gemma, y la suya había sido igualmente visceral, igualmente poderosa, la química entre ellos era explosiva.

Zane había tenido su oportunidad. Si no había sido capaz de comprometerse en dos años, y con una hija en común, entonces no podía amar a Gemma.

Pero él sí.

Esa convicción, que había ido creciendo en las últimas veinticuatro horas, desde que leyó el artículo en la revista, era poderosa e irrevocable.

Nunca había estado enamorado y no podía imaginar el caos que eso provocaba, pero algo importante había ocurrido entre Gemma y él.

Y ese algo, en lugar de disolverse con el paso del tiempo, se había quedado con él. En seis años, había sido incapaz de olvidarla.

Entonces tuvo un momento de claridad. Se dio cuenta de que tras años evitándolo, por fin había aplicado el metódico proceso que usaba en los negocios para pensar en su vida personal... y había descubierto algo importante: lo que sentía por Gemma era algo más que una simple pasión carnal.

La idea de retomar la relación que había sido cortada antes de que tuviera tiempo de florecer lo emocionaba.

Y, de repente, se sintió más vivo que nunca en

todos esos años. Seis años exactamente, desde la última vez que experimentó una genuina pasión, en una pequeña playa en Dolphin Bay.

Gemma experimentaba una sensación de *déjà vu*, de algo inevitable, mientras caminaba junto a Gabriel, tan atlético y fuerte como un felino.

El beso había sido un error y desde entonces había hecho lo posible por distanciarse de él. Lo último que necesitaba en aquel momento era volver a sentir el amor que la había perseguido durante tanto tiempo, pero la verdad era que necesitaba su ayuda.

El viento movía las olas en el acantilado, haciendo que se le pusiera la piel de gallina e intensificando la sensación de estar reviviendo un pasado cargado de tentaciones y riesgos.

Apretando los dientes, deseó haber llevado un chal o algo de abrigo. Por desgracia, cuando salió de su habitación en el *resort*, su hogar durante los últimos días, no estaba en condiciones de recordar ese tipo de detalles. Estaba tan estresada con la absurda idea de que Zane era la solución a todos sus problemas…

Gemma miró alrededor, preguntándose cuál sería el coche de Gabriel. Esperaba que señalase uno de los deportivos, pero cuando se encendieron las luces de un impresionante Maserati se quedó sorprendida. No había nada convencional en Gabriel Messena.

Gabriel abrió la puerta del pasajero y esperó hasta que ella se dejó caer en el asiento de piel, sintiéndose como en una nube. Nerviosa, se puso el cinturón de seguridad antes de que él ocupara su sitio frente al volante y colocó la bolsa contra la portezuela, tan lejos de su vista como era posible.

Gabriel entró en el coche, haciendo que el interior del Maserati pareciese aún más pequeño. Unos segundos después, se alejaba del castillo para tomar la carretera de la costa que llevaba al pueblo.

—Imagino que te alojas en el *resort* –dijo Gabriel.

—Por el momento, sí. Pero volveré a Nueva Zelanda en un par de días.

O al día siguiente, si podía cambiar el billete.

Tras el episodio de esa noche necesitaba volver con Sanchia lo antes posible.

—He oído que has dejado tu trabajo con el grupo Atraeus.

—Sí, es verdad. Necesito estar con San… con mi hija en este momento.

Gemma sintió que Gabriel la miraba.

—¿Ahora está con tu madre?

Sanchia era su hija y él ni siquiera lo sabía. Cuando se quedó embarazada se convenció a sí misma de que no decirle nada era lo mejor para todos, pero lo mínimo que podía hacer era decirle su nombre.

—Mi madre cuidaba de Sanchia hasta que sufrió un infarto. Ahora mismo está con una de mis hermanas.

–Y por eso has dejado el trabajo en Medinos.

–Pensaba traerla aquí, pero han cambiado muchas cosas y… tengo que volver a casa.

Gabriel adelantó a otro vehículo.

–¿Tu madre está bien?

La preocupación que había en su voz le recordó que habían sido vecinos en Dolphin Bay.

–Se está recuperando. Ha sido una advertencia, pero tiene que tomarse las cosas con calma a partir de ahora.

–Si puedo hacer algo, dímelo.

–Gracias –murmuró Gemma–. Afortunadamente, tiene un buen seguro médico.

La conversación le recordó que Gabriel había perdido a su padre de manera repentina. El accidente de coche había ocurrido poco después de la noche que pasaron juntos, pero tuvo que leer los periódicos para enterarse de la noticia porque no volvieron a verse.

Estaban entrando en el aparcamiento cuando una figura alta y familiar salió del *resort*. A Gemma el corazón se le detuvo durante un segundo.

Zane.

Por suerte, iba mirando su móvil y no se fijó en ellos mientras subía al Ferrari.

Gemma miró hacia la entrada del hotel para ver si había reporteros. No veía a ninguno, pero no quería arriesgarse. Si Zane estaba allí, habría reporteros, era inevitable. Y lo último que deseaba era que le hicieran fotos con Gabriel.

Le indicó cómo llegar al aparcamiento de empleados, en la parte trasera del hotel, y mientras aparcaba se le encogió el estómago al ver al reportero que los había fotografiado en el castillo saliendo de un coche cámara en mano. Iba acompañado de otro reportero con una cámara de vídeo…

Gabriel frunció el ceño.

–Aquí hay demasiada gente. ¿Qué quieres hacer?

–Marcharme cuanto antes.

Zane y los reporteros eran una combinación que no podía permitirse y eso significaba que no podría dormir en el *resort*.

Podría llamar a los de seguridad, algo que había tenido que hacer en más de una ocasión cuando era ayudante de Zane, pero después de lo que había pasado en la suite, y después de haber presentado su renuncia, tal vez ya no la consideraban parte del personal.

Antes de que pudiera sugerir otro hotel, Gabriel dio marcha atrás. El reportero se volvió al escuchar el rugido del Maserati, pero cuando levantó la cámara, Gabriel ya había tomado la carretera.

Unos segundos después, estaban en el centro del pueblo, lleno de turistas, terrazas y tabernas.

–¿Tienes algún sitio donde puedas dormir?

–No, no conozco a nadie. Siempre que vengo a Medinos es para trabajar, así que paso el tiempo en el *resort* o en el aeropuerto.

Gemma miró el perfil de Gabriel. Con el pelo largo y la sombra de la barba parecía más peligroso y exótico que nunca.

Y pasar más tiempo con él la ponía nerviosa.

—Podría ir a una pensión o un hostal.

Él detuvo el coche.

—A menos que hayas reservado habitación, no vas a encontrar nada libre. Estamos en temporada alta y, además, ha venido mucha gente a la fiesta de Perlas Ambrosi. Si quieres, puedes dormir en mi casa esta noche.

Medinos era una isla muy conservadora, y hasta que pudiera volver al *resort*, o ir de compras, lo único que tenía era el vestido de cóctel. Y en ninguna pensión decente le darían habitación a una mujer que iba sin equipaje.

Aunque su bolsa, con el champán y el camisón, podría pasar por una maleta.

Gabriel sacó el móvil del bolsillo.

—Si quieres, puedo llamar a un par de hoteles.

—Muy bien.

Quince minutos después, él volvía a guardar el móvil.

—No hay nada, pero la oferta de dormir en mi casa sigue en pie.

Gemma miró por la ventanilla del Maserati, intentando disimular su agitación.

—Lo único que necesito es una cama durante un par de horas.

Era un mal menor, se dijo.

Solo sería una noche, de modo que no había peligro alguno.

Capítulo Cuatro

Gemma sintió un escalofrío cuando llegaron a la villa de Gabriel, a las afueras del pueblo. Recortada contra el oscuro cielo, era una antigua torre que mezclaba la piedra de siglos con modernas paredes de cristal.

Gabriel aparcó el coche en el garaje y Gemma se quitó el cinturón de seguridad.

–¿Tu familia se aloja aquí?

Gabriel cerró la puerta del Maserati.

–No, esto es una especie de refugio para mí.

De modo que iban a estar solos.

A pesar de su decisión de fingir que no pasaba nada y controlar la atracción que sentía por él, cuando sus miradas se encontraron se le hizo un nudo en la garganta. En teoría, Gabriel no debería tener el menor interés por ella, pero la sensación de que todo aquello estaba preparado la ahogaba.

–Ah, claro, tu madre está en el *resort*. La he visto.

–¿La has visto?

–Sí, le serví un té en la terraza de su habitación.

Gabriel abrió una puerta y le hizo un gesto para que lo precediera.

–Mi madre me dijo que había visto a una chica

57

que se parecía a ti, pero que no podías ser tú porque era muy delgada.

Gemma frunció el ceño, recordando la escena.

—No sabía que me hubiera reconocido.

Sintiéndose deprimida de repente, se detuvo para mirar la torre de piedra.

—Parece la torre de un castillo.

—Son los restos de una fortaleza. Estaba derruida antes de que la bombardearan en la II Guerra Mundial –le explicó él, marcando una serie de números para desconectar la alarma de la entrada.

A pesar de su confusión, Gemma sintió un escalofrío cuando le puso una mano en la espalda.

Gabriel encendió la luz y tuvo que tragar saliva al ver el pelo rojo de Gemma, su pálida piel. De repente, se dio cuenta de que en unos minutos su vida había tomado un rumbo inesperado.

Había sentido eso en otra ocasión, la noche que murió su padre. Esa noche había estado marcada por la tristeza y por una firme resolución, pero en aquel momento era todo lo contrario. La serenidad por la que era famoso lo había abandonado y en su lugar sentía una extraña inquietud. Sabía cuándo había ocurrido: cuando había visto a Gemma entrar en la fiesta.

Gabriel cerró la puerta. Gemma, que estaba al fondo de la habitación, admirando el paisaje a través de una pared de cristal, se dio la vuelta para mirarlo con expresión seria.

—Si fueras otra persona, podría sospechar de tus motivos para traerme aquí.

–No sé si tomarme eso como un cumplido –dijo él, acercándose al bar para servir dos vasos de agua mineral–. ¿Por qué crees que yo no tengo motivos ocultos?

–Han pasado seis años desde la última vez que nos vimos y, si no recuerdo mal, entonces dijiste que no teníamos nada en común. No creo que eso haya cambiado.

–Sí teníamos cosas en común.

Gemma se ruborizó.

–No creo que el sexo cuente.

En el mundo de Gabriel sí contaba.

–¿Entonces los motivos que pueda tener, aparte de la caballerosidad, no te resultan sospechosos?

–Han pasado seis años –repitió Gemma–. Nunca volviste a llamarme… creo que eso lo dice todo.

Gabriel frunció el ceño. No había querido pensar que Gemma pudiera haberlo necesitado en ese tiempo, pero tal vez había sido así.

–¿Tú querías que te llamase?

Sus miradas se encontraron en ese momento.

–Me acosté contigo y no era algo que hiciese con cualquiera. Por supuesto, quería que me llamases.

Parpadeando furiosamente, como si no pudiera creer que había dicho esas palabras, Gemma dejó la bolsa sobre uno de los sofás de piel.

–Pensé en llamarte –le confesó él. Y en un par de ocasiones había levantado el teléfono para marcar su número, antes de recuperar el sentido común.

–No pasa nada. Entiendo que no pudieses tener una relación conmigo. Los bancos no soportan bien los escándalos.

No era la respuesta que él había esperado y tuvo que disimular un suspiro de irritación.

–No, es cierto.

–Cuando hablan de ti en los periódicos lo hacen en las páginas de noticias económicas, no en las de cotilleos –siguió ella.

Enfadado porque Gemma insistía en reforzar su imagen de aburrido banquero, Gabriel hizo una mueca.

–No sabía que te interesaran las páginas de economía.

–Cuando tengo un vuelo largo y aburrido, leo lo que sea, hasta las páginas de economía del periódico. Es más entretenido que los anuncios por palabras.

–No mucho más.

–Hablando de economía, he leído en algún sitio que además de economista eres abogado.

–Y tengo el corazón de hielo, por supuesto.

–Yo no he dicho eso. Si tuvieras un corazón de hielo no me habrías ayudado.

Gabriel asintió con la cabeza.

–¿Aceptas un consejo? Tal vez deberías cambiar de tipo de hombre.

En cuanto dijo eso lamentó haberlo hecho. Seis años después de su primer y único encuentro y le hablaba como si fuera su hermano mayor. O peor, un padre dando consejos.

–Pienso hacerlo, desde luego. A partir de esta noche no pienso salir con nadie que tenga miedo al compromiso.

El sonido del móvil distrajo a Gemma de la conversación. Debía ser Sanchia, que solía llamarla a esa hora, pero no podía hablar con ella en ese momento.

Incómoda, sacó el móvil del bolso dispuesta a apagarlo. Sanchia lo entendería. La niña sabía que no siempre podía contestar al teléfono porque estaba trabajando.

Pero antes de que pudiese apagarlo, Gabriel le quitó el móvil de la mano.

Enfadada, Gemma intentó recuperarlo.

–¿Qué haces?

–Te lo devolveré en cuanto Zane haya cortado la comunicación.

–¿Por qué iba a llamarme Zane?

Gabriel la miró con expresión seria.

–No lo sé, pero no estoy dispuesto a arriesgarme.

Que Gabriel actuase de manera tan irracional y posesiva la sorprendió.

Aunque se negaba a aceptar que su interés por ella fuese real o duradero. Se alegraba de que Zane y Lilah hubiesen encontrado el amor que ella anhelaba y les deseaba lo mejor, pero eso la hacía sentir más sola que nunca.

–No soy la novia de Zane ni su amante. No lo he sido nunca.

La expresión de Gabriel dejaba claro que no la

creía. La había rechazado seis años antes y su opinión no debería contar, pero esa noche contaba.

Estaba cansada de que la tratasen como si tuviera pájaros en la cabeza, cuando eso no podía estar más lejos de la realidad. Ella era una mujer fuerte e independiente, con sueños, deseos y planes.

–No estoy interesada en mantener una aventura con Zane. De hecho, es lo último que quiero.

El móvil dejó de sonar y Gemma llevó oxígeno a sus pulmones. Debería enfadarse con Gabriel por quitarle el teléfono como si fuera una niña. Que pensara que después de lo que había pasado quería seguir en contacto con Zane era absurdo.

Pero no podía enfadarse por una razón: Gabriel no se portaría de esa forma si no le importase.

Ese pensamiento se agarró a su corazón, generando una peligrosa emoción que ella conocía bien.

–Y si Zane llama, ¿qué hago?

–Yo hablaré con él.

–No es asunto tuyo, Gabriel. Además, era el número de mi hermana, en Dolphin Bay. Está cuidando de Sanchia hasta que yo vuelva a casa.

Al ver un brillo de alivio en los ojos de Gabriel se dio cuenta de que estaba celoso. Y esa revelación hizo que se marease.

De modo que no era por casualidad por lo que apareció en el pasadizo.

Él exhaló un suspiro, con expresión contrita, mientras le devolvía el móvil.

–Vaya, lo siento.

Y así, de repente, volvieron a esa singular cama-
radería que habían compartido años antes y que
Gemma siempre había añorado.

Suspirando, salió a la terraza. El aire fresco de
la noche devolvió algo de color a sus mejillas mientras admiraba el mar y la magnífica vista de la isla
más cercana, Ambrus. Cualquier cosa para disipar
la tensión que la mantenía prisionera.

Bajo la terraza había un jardín que llevaba a la
playa, pero unas nubes oscurecían las estrellas.
Amenazaba tormenta y un golpe de viento hizo
que el pelo le volase alrededor de la cara.

Gabriel le puso la chaqueta sobre los hombros,
el peso y el calor de la prenda haciéndola temblar.

Gemma tuvo que hacer un esfuerzo para resistirse a la tentación de mirarlo y sucumbir a esa locura de nuevo. Había ido al castillo esa noche porque necesitaba un caballero andante. En lugar de
eso, estaba en una vieja torre con el fascinante y
peligroso Gabriel Messena, el último hombre con
el que habría pensado estar a solas de nuevo.

Sintiendo la atracción que había intentado sentir por Zane, sin conseguirlo.

Desesperada por romper el incómodo silencio,
y sin saber qué decir, Gemma envió un mensaje de
texto a Sanchia. La niña sabía que era tarde en Medinos y no le preocuparía que no le devolviese la
llamada esa misma noche.

–Gracias –dijo después–, supongo que sigo intentando aclimatarme.

Gabriel se apoyó en la barandilla, musculoso y

fuerte. Con el pelo oscuro parecía totalmente en casa en medio de aquel paisaje mediterráneo.

–Si quieres saber por qué te he ayudado es porque leí un cotilleo sobre Zane y tú en una revista y me sentí responsable porque había sido yo quien te recomendó para el puesto de ayudante personal de mi primo.

Gemma frunció el ceño. Cuando consiguió el puesto de ayudante de Zane pensó que era un milagro haber ganado a otros candidatos con más experiencia que ella.

–Pensé que Elena Lyon había dado buenas referencias de mí.

Elena era una amiga de Dolphin Bay bien conocida para la familia Messena porque su tía había sido el ama de llaves con la que, supuestamente, el padre de Gabriel había tenido una aventura. Aunque Elena juraba que la aventura no era más que un invento de la prensa.

Gabriel se encogió de hombros.

–Tal vez, pero Constantine te contrató porque yo te recomendé.

De modo que no se había olvidado de ella, pensó Gemma. Y le importaba lo suficiente como para intentar ayudarla a conseguir un empleo.

–En ese caso, gracias, pero sigo sin entender por qué pensaste que debías intervenir. Estoy acostumbrada a cuidar de mí misma.

Gabriel se quedó en silencio un momento.

–Seguro que sí, pero ¿y el padre que necesitas para tu hija?

***

Gemma se quedó helada. Su primer pensamiento fue que sabía que Sanchia era hija suya, pero entonces se dio cuenta de que había dicho «tu hija» y no «nuestra hija».

Eso significaba que había leído los cotilleos de la prensa, que daban a entender que Zane era el padre de la niña. Afortunadamente, nunca habían incluido detalles sobre Sanchia, como su edad o su aspecto físico. Los reporteros estaban más interesados en contar las aventuras amorosas de Zane Atraeus.

Sintió el deseo de confesarle que Sanchia era su hija, pero el pánico que sentía desde que la niñera la acusó públicamente de ser una mala madre hizo que guardase silencio.

La situación de la custodia era ya bastante difícil como para añadir más complicaciones.

–¿Por eso has intervenido? ¿Porque crees que Zane no está interesado en ser padre?

Gabriel frunció el ceño.

–Intervine porque fui yo quien te puso en esa situación al recomendar que te dieran el puesto de ayudante de Zane.

Gemma se agarró a las solapas de la chaqueta, como abrazándose a sí misma para evitar el viento. Aunque fue un error, porque eso la hizo respirar el aroma de su perfume, que se había quedado pegado a la prenda.

–¿Crees que no hubiera conseguido el puesto por mis propios méritos?

–Constantine quería a alguien en quien pudiera confiar, una persona discreta. Y yo le dije que tú lo eras.

Gemma se mordió los labios. Seguramente pensaba estar tranquilizándola con esas palabras, pero era más bien como echar gasolina en una hoguera.

–¿Quieres decir que conseguí el trabajo porque no le conté a nadie que nos habíamos acostado juntos?

Una sola noche. Tal vez no había sido especial para él, pero para ella había sido como un cuento de hadas. La magia de la noche, esa sensación de que el hombre que había acudido a rescatarla era especial…

Gabriel se encogió de hombros.

–No, quiero decir que a algunas personas les impresiona la fortuna de los Messena y los Atraeus, pero tú no eres una de ellas.

Le sorprendió que fuese tan objetivo. Tal vez porque siempre la había visto como una simple empleada.

Ese comentario destacaba un aspecto del carácter de Gabriel que siempre había sospechado: que valoraba el control y la rigurosidad más que el amor o cualquier emoción espontánea.

Eso explicaba por qué su madre pensaba que aceptaría un matrimonio de conveniencia.

De repente, que Gabriel la juzgase por querer

hacer un buen matrimonio cuando era, evidentemente, práctica habitual en la familia Messena la enfadó.

–Y sabías que yo no me dejaría impresionar porque mi jefe fuese un hombre rico.

–Así es –Gabriel cruzó los brazos sobre el pecho–. Me gustaría hacerte una proposición.

Gemma frunció el ceño.

–¿Qué clase de proposición?

–Tú necesitas un prometido para recuperar a tu hija y yo necesito una prometida para sortear una cláusula del testamento de mi padre.

En unos minutos, le explicó la situación en el banco, con su tío intentando presionarlo para que se casara con su hija.

Gemma experimentó un absurdo alivio al saber que no estaba dispuesto a casarse con una chica guapa, rica y perfecta, sino intentando evitar esa boda. Pero también hizo que viera lo que estaba pasando esa noche de otra forma, mucho más deprimente. No la había buscado porque sintiera algo por ella sino porque la necesitaba.

–En resumen, si aceptas hacerte pasar por mi prometida durante el tiempo que necesite para recuperar el control del banco, a cambio yo puedo ofrecerte un apartamento, un puesto de trabajo y todo lo que necesites para recuperar la custodia de tu hija.

La oferta era tan tentadora. De hecho, justo lo que necesitaba, pero era un peligro volver a relacionarse con Gabriel.

–¿Durante cuánto tiempo tendría que hacerme pasar por tu prometida?

–Una semana será suficiente para convencer al bufete que lleva el testamento de mi padre.

Gemma lo pensó detenidamente. Podía hacerlo. Podía ser la prometida de Gabriel durante una semana. Después de todo, estaba entrenada para actuar. No podía ser tan difícil.

–¿Qué clase de trabajo podrías ofrecerme?

–El mismo que has hecho para el grupo Atraeus hasta ahora. Vine a Medinos para ver a Constantine, que ha decidido abrir una franquicia de Perlas Ambrosi en Auckland. Voy a ayudarlo con la primera fase del proyecto y empezaremos a buscar personal la semana que viene.

A pesar de que le estaba ofreciendo una salida para su situación, la que había buscado con Zane, Gemma se quedó pensativa. Ambrosi era una prestigiosa firma para la que seguramente hubiera solicitado una entrevista de todas formas. Que Gabriel solo estuviera involucrado en la primera fase del proyecto significaba que podría mantener su puesto cuando terminase la farsa, y eso sería perfecto.

Con un nuevo trabajo y un apartamento podría recuperar a Sanchia inmediatamente.

Antes de que pudiese cambiar de opinión respondió:

–Sí.

En los ojos de Gabriel hubo un momentáneo brillo de sorpresa.

–¿Pensabas que iba a rechazarlo?

–Se me había ocurrido, ya que el puesto incluye una relación personal con tu jefe.

–Creo que hay una línea de separación, se llama contrato de trabajo.

–Sí, pero en este caso hemos acordado incluir una conexión personal.

De modo que Gabriel quería algo más que una farsa… eso despertó una campanita de alarma, pero el ruido fue ahogado por un peligroso cosquilleo en la espalda.

Gemma se aclaró la garganta, intentando mostrarse seria y profesional. Después de todo, Gabriel acababa de contratarla como ayudante.

–Por supuesto, pero con ciertos límites.

Y el primero de ellos era que, si iban a hacerlo, tenía que protegerse a sí misma.

–Muy bien –Gabriel la atrajo hacia él–. Entonces, estamos de acuerdo.

El calor de sus manos le provocó una oleada de deseo que la abrumó.

–No sé si me has entendido.

–Lo que intento decir es que siempre he lamentado lo que pasó hace seis años.

Esas palabras, las que había querido escuchar durante tanto tiempo, hicieron que Gemma olvidase sus reservas.

–No puedes decirlo en serio –dijo, sin embargo.

Gabriel tiró de ella y, como una tonta, incapaz de resistirse, lo dejó hacer.

–¿Por qué no?

Era demasiado tarde para controlar la atracción que sentía, la misma que aquella noche en Dolphin Bay. Una sensación que jamás volvería experimentar porque, siendo realista, ella tendría que casarse con un hombre serio, alguien que quisiera formar una familia. No sería un hombre peligroso, exótico, atractivo o millonario. Para empezar, a Sanchia tenía que gustarle.

Una sensación de profunda tristeza la envolvió al imaginarse casada con un hombre así. Al imaginar que tendría que encontrar a un hombre que no fuese Gabriel.

Hasta ese momento no había entendido lo excepcionales que eran sus sentimientos por él.

Decidida, se recordó a sí misma la innegociable lista de cosas que necesitaba en su vida durante las próximas semanas. No podía ponerse a soñar como una cría.

Levantando la barbilla, lo miró a los ojos.

–No sabía que lo que pasó hubiera significado tanto para ti. Después de todo, solo fue una noche.

–Una noche que no he olvidado nunca.

El profundo timbre de su voz la hizo temblar. Gabriel estaba tan cerca que podía sentir el calor de su cuerpo, respirar el aroma de su piel. Le levantó la barbilla con un dedo y, después de vacilar un momento, buscó sus labios.

El beso fue poco más que un roce, pero el corazón de Gemma latía tan violentamente que apenas podía respirar.

Pensó en lo que le estaba ofreciendo, en aquel

momento, allí mismo. Otro apasionado interludio. Nada más.

El dolor que le produjo ese pensamiento fue ahogado por otro mucho más poderoso. A pesar de sus deseos, seguía amándolo, seguía deseándolo.

Todo estaba en su sitio: la noche, el cielo estrellado, el mar, la sensación de estar solos en el mundo… y en algún sitio habría un sofá o una cama. Era una repetición de lo que había ocurrido seis años antes.

Gabriel tomó su cara entre las manos, mirándola a los ojos.

–Di que sí.

Gemma tragó saliva para disimular un deseo que parecía derretir sus huesos.

Un golpe de viento le agitó el pelo sobre la cara. La noche estaba volviéndose salvaje. Si quería que su relación con Gabriel fuera profesional debería apartarse de él. Pero sabía que no podía y, de repente, se quedó sin aire.

–Sí.

Como respuesta, Gabriel inclinó la cabeza y buscó sus labios. Sin pensar, Gemma guardó el móvil en uno de los bolsillos de la chaqueta y le puso las manos en los hombros. El calor de su piel le recordaba aquella noche, tanto tiempo atrás. Con el corazón acelerado, se puso de puntillas para echarle los brazos al cuello.

El nerviosismo y el temor a que se diera cuenta de que no tenía práctica desaparecieron cuando

Gabriel le envolvió la cintura con los brazos. El calor de su cuerpo la quemaba a través del encaje del vestido.

El fiero deseo iba acompañado de un recuerdo. Aparte del atractivo de Gabriel, había sido su sorprendente ternura lo que la cautivó seis años antes.

Habían bailado, se habían reído y luego habían paseado de la mano por la playa...

El único problema era que terminaron haciendo el amor sin tomar precauciones. Pero incluso entonces, Gabriel se había disculpado. Pasaron el resto de la noche abrazados, hablando en voz baja, y Gemma se había sentido maravillosamente feliz. Más que nunca en toda su vida.

Estaban conectados de una forma indefinible. Gabriel había sido tan cariñoso, tan atento. Por eso le había dolido tanto que la rechazara.

El viento no amainaba, pero en lugar de intimidarla le dio fuerzas. Tal vez inspirada por la naturaleza se apretó contra el torso de Gabriel.

Empezó a llover entonces, la lluvia sorprendentemente fría en contraste con su ardiente piel.

Un segundo después, el cielo pareció abrirse y empezó a llover a cántaros. El mundo giró sobre su eje cuando Gabriel la tomó en brazos y entró en la casa en dos zancadas, el golpe de la puerta tras ellos puntuando el giro que había dado la noche.

Cuando la dejó en el suelo, la chaqueta resbaló de sus hombros y Gabriel le acarició la cara, en un gesto tierno y deliberado.

Pero no era eso lo que Gemma quería. Habían pasado seis años desde la última vez que hizo el amor, seis años en los que había estudiado, trabajado, había pasado por un embarazo y criado a su hija. Pero siempre había estado sola.

Había intentado resucitar su vida amorosa, pero nunca había encontrado entusiasmo por ninguno de los hombres con los que salía. Por mucho que lo intentase, jamás había deseado a ninguno... porque deseaba a Gabriel.

Con dedos torpes e ineptos, empezó a desabrocharle los botones de la camisa hasta dejar al descubierto un torso ancho y unos abdominales perfectos. Sin decir nada, él se la quitó y la tiró al suelo antes de llevarla al dormitorio.

Una enorme cama con un edredón de seda dominaba la habitación, y Gemma tragó saliva de nuevo cuando él empezó a desabrocharle la cremallera del vestido. Que la viese desnuda después de tanto tiempo, y después de un parto, la angustiaba.

—¿Qué ocurre, Gemma?

—Ha pasado mucho tiempo.

—¿Cuánto tiempo?

Ella tragó saliva.

—Desde... mi embarazo.

Gabriel la atrajo hacia sí con una mano mientras con la otra le bajaba los tirantes del vestido, esperando un gesto de aceptación. Luego le enredó los dedos en el pelo y la miró a los ojos.

—No te preocupes. Puede que tú lo hayas olvidado, pero yo no.

Capítulo Cinco

Cuando Gabriel murmuró que no había prisa, que podían tomarse su tiempo, Gemma buscó algún resto de su antigua despreocupación, su cara divertida, la que se había marchitado cuando empezó a tener problemas con la custodia de Sanchia.

–¿Me estás diciendo que eres lento?

La experiencia le decía que era rápido, ardiente y selectivo.

–Espero no serlo. O sí, depende de lo que tú quieras –Gabriel sonrió mientras inclinaba la cabeza para morderle el lóbulo de la oreja.

Animada por su humor y su simpatía, Gemma lo ayudó a librarse del sujetador, quedándose solo con las braguitas, que Gabriel le quitó de un tirón.

Inclinando la cabeza, Gabriel tomó un pezón con los labios y ella suspiró, sintiendo un cosquilleo en el vientre.

Un segundo después, la tomó en brazos para dejarla sobre la cama y se desnudó rápidamente antes de tumbarse a su lado.

Gabriel vestido era impresionante, desnudo era hermosísimo. Y, en ese momento, era suyo.

Él dejó que lo tocase, que descubriera aquel

cuerpo que no había acariciado en seis años y que parecía haber ensanchado y endurecido.

Sin apartarse de ella, Gabriel alargó una mano para sacar un preservativo del cajón de la mesilla… y un relámpago iluminó la habitación mientras se lo ponía.

Cuando sus miradas se encontraron, Gemma se dio cuenta de que estaba haciendo un esfuerzo para controlarse.

Pero dejó de hacerlo un segundo después, cuando se colocó entre sus piernas, el peso de su cuerpo anclándola a la cama.

La lluvia golpeaba con fuerza los cristales; la tormenta marcaba el ritmo del encuentro. Y, de repente, enredando los brazos en su cuello, Gemma se apretó contra él.

Gabriel dejó escapar un ronco gemido mientras la embestía por primera vez. Estaba dentro de ella, la noche disolviéndose, haciéndose una con la tormenta mientras se amaban el uno al otro.

Minutos después, mientras seguían unidos, la tormenta pasó, dejando atrás el ulular del viento y el ruido de las olas golpeando la playa.

Gabriel la apretó contra su pecho, tomando el control, haciéndole el amor con una intensidad que la dejó sin aliento.

Iba a ser imposible alejarse de él durante el tiempo que durase el falso compromiso.

Hacer el amor había sido un error y ella lo sabía, pero era demasiado tarde. El daño estaba hecho.

La prioridad era concentrarse en el aspecto profesional del acuerdo, y eso significaba nada de sexo. Necesitaba establecer una relación profesional con Gabriel para no comprometer sus emociones.

Crear distancia entre ellos no sería fácil, pero había vivido sin sexo durante seis años y podía seguir haciéndolo.

Su último pensamiento fue que debía marcharse. Si despertaba con Gabriel, harían el amor de nuevo y sería un gran error. Por el momento, dormiría una hora...

Gabriel esperó hasta que la oyó respirar rítmicamente y, sin hacer ruido, saltó de la cama.

La habitación estaba a oscuras, pero podía ver la forma de Gemma bajo el edredón, su pálida piel brillando como una perla y el hermoso cabello rojo sobre el almohadón blanco.

Estudió su forma, su perfil... y el fiero deseo que lo había sobrecogido antes volvió con fuerzas renovadas.

La deseaba y sabía que ella lo deseaba también. Los años parecían haberse esfumado, la química entre ellos era tan explosiva como antes.

Iba a la cocina a beber agua cuando vio la bolsa de Gemma y no pudo controlar su curiosidad.

Cuando sacó el camisón de encaje negro, se le encogió el estómago. Pero entonces vio algo blanco... la etiqueta. En su impulsivo deseo de seducir a Zane, Gemma había olvidado quitarla.

Gabriel tuvo que disimular una sonrisa. El camisón no era la prueba de que tuvieran una relación sexual. Era nuevo, no lo había usado nunca. Esa era la confirmación que necesitaba.

La locura de esa noche tenía sentido en aquel momento. Entendía la situación de Gemma, su necesidad de mantener una relación seria con Zane... Había fracasado porque ya estaba comprometido con otra mujer y Gabriel se lo agradecía profundamente, porque Gemma era suya.

Vio entonces una revista al fondo de la bolsa y la sacó, frunciendo el ceño al ver que estaba abierta en un artículo titulado: «Diez métodos infalibles para seducir a un hombre». Leyó el artículo por encima y tuvo que disimular una sonrisa irónica. En él explicaban lo que, supuestamente, los hombres deseaban en la cama, ofreciendo una lista de exóticas tácticas y maniobras para conquistarlos.

La absurda solución que había encontrado Gemma demostraba que no tenía práctica. La revista evidenciaba su falta de experiencia con los hombres. Y, por lo que le había contado, no había hecho el amor desde que se quedó embarazada.

Pensar en Gemma con un hijo hizo que se le encogiera el estómago. Si la explosiva emoción que había entre ellos no era una simple atracción sexual y se convertía en una relación seria, algún día podría quedarse embarazada de él.

Ese pensamiento lo sorprendió. No repetiría el error de su padre sucumbiendo a una simple atracción.

***

Gemma despertó y, de inmediato, notó el peso del brazo de Gabriel en su cintura. El calor de su cuerpo, la intimidad de despertar a su lado, la hizo sentir un escalofrío.

Cuando miró el reloj de la mesilla dio un respingo. Debía haberse quedado dormida, porque eran las cinco de la mañana.

Era hora de irse, aunque le resultaba inesperadamente difícil.

Volvió la cabeza para estudiar el rostro de Gabriel en la penumbra. Despeinado, sus largas pestañas hacían sombra sobre sus pómulos, parecía más joven, como el Gabriel de seis años antes.

Dormido parecía extrañamente vulnerable y tuvo que contener el deseo de abrazarlo. Tenía que recordarse a sí misma que Gabriel no era un crío sino un hombre… Si iba a estar con él esa semana, sin enamorarse de nuevo, tendría que ser estricta consigo misma.

La primera regla: ya que Gabriel era su jefe y su prometido, nada de sexo. Se había dejado llevar esa noche sencillamente porque no había podido resistirse. Necesitaba afecto, calor humano, amor. El estrés de la batalla por la custodia de Sanchia la había hecho sentir inesperadamente vulnerable.

Fuera cual fuera la causa, tenía que irse de inmediato. Pensaba dejarle una nota y estaba segura de que, una vez que se hubiera acostumbrado a la idea, Gabriel entendería que era lo mejor para los dos.

Moviéndose con cuidado para no despertarlo, Gemma se acercó al borde de la cama. La luz gris del amanecer revelaba el caos del dormitorio. Su ropa y la de Gabriel estaban por el suelo, el edredón también…

Fuera, el grito de una gaviota hizo que contuviera el aliento, temiendo que Gabriel se hubiera despertado. Pero no podía dejar de mirar su torso desnudo, la intrigante línea de vello que se perdía bajo la sábana…

Gemma suspiró. Era sorprendente que se hubiera dejado llevar por el deseo tras años de abstinencia.

Percatándose de su desnudez, y del ligero dolor entre las piernas que dejaba claro lo que había hecho esa noche, Gemma sintió la tentación de cubrirse con el edredón, pero no lo hizo.

Era un milagro que Gabriel no hubiese despertado, y no era momento de mostrarse pudorosa. Debía marcharse para establecer límites en esa relación.

Caminando de puntillas, encontró las braguitas en el suelo, pero cuando se incorporaba vio su imagen en un espejo y recordó el placer de su encuentro con Gabriel…

Con la cara ardiendo, tomó el sujetador, que estaba colgando del brazo del sillón, y un poco a la desesperada se recordó a sí misma que aquello no podía ser.

Seis años y había cometido el mismo error con el mismo hombre. Y, de nuevo, sin hablar de temas vitales como el amor o el compromiso. Lo único que la salvaba era que en esta ocasión habían usado preservativo, de modo que estaba a salvo de un embarazo no deseado.

Debía cumplir la promesa que se había hecho a sí misma: no habría sexo. No aceptaría el sexo sin amor.

Cuando rompiesen el falso compromiso tendría que hacer un esfuerzo para olvidar a Gabriel. Otra vez. Lo había hecho antes, podía volver a hacerlo.

Cuando se inclinaba para tomar el vestido del suelo, sus dedos rozaron la camisa de Gabriel, y no pudo evitar llevársela a la cara para respirar su aroma. Si tuviera un poco de sentido común, no haría algo tan sentimental, pero no podía evitarlo.

Era una bobada. No necesitaba un recuerdo del tiempo que habían pasado juntos porque volvería a verlo en unos días. Pero para entonces su relación sería meramente profesional. Aparte de las necesidades provocadas por el falso compromiso, no habría más intimidad entre ellos, ni besos apasionados ni encuentros en la cama. Absolutamente nada de sexo.

Aunque en el pueblo, a la luz del día, la camisa sería más práctica que el vestido de cóctel.

Entonces oyó un ruido… Gabriel se había dado la vuelta y estaba tumbado boca abajo, en el lado de la cama que ella había dejado vacante. A la luz gris del amanecer, su piel bronceada en contraste con las sábanas blancas le parecía más sexy que nunca. Por su aspecto relajado, estaba profundamente dormido.

Dejando escapar un suspiro de alivio, Gemma empezó a vestirse. Unos minutos después, había encontrado su bolsa y el móvil en el bolsillo de la chaqueta de Gabriel. Después de usar el cuarto de baño, se abrochó la camisa y se miró al espejo. Los hombros le quedaban enormes y los faldones le llegaban casi hasta la rodilla. Perfecto.

Intentó no pensar en su cabello despeinado ni en sus labios, un poco hinchados por los besos, ni en el chupetón que tenía en el cuello.

Suspirando, se remangó la camisa. El resultado no era precisamente elegante, pero sí aceptable. Parecía una persona que hubiera decidido darse un baño al amanecer y usar una camisa en lugar de un pareo para cubrirse.

El corazón le dio un vuelco cuando miró el reloj y vio el tiempo que había pasado. Tenía que dejarle una nota y si quería salir de allí antes de que Gabriel despertase, debía darse prisa.

Sin tiempo para peinarse, tomó su bolsa y se dirigió a la cocina para buscar un papel, en el que escribió una nota a toda prisa, incluyendo el número de su móvil. La dejó en la encimera, bajo una taza, y se dirigió a la puerta.

Cuando estaba cerrándola, le sonó el móvil.

Dando las gracias por haber salido de la casa antes de que Sanchia llamase, respondió mientras caminaba a toda prisa por la playa, que era el camino más corto hasta el *resort* y el más cómodo, ya que no llevaba zapatos.

La conversación con su hija era lo que necesitaba para volver a la realidad. Fue un alivio olvidarse de sí misma para pensar en Sanchia.

Gemma miró su reloj de nuevo mientras se despedía de la niña. Luego, llamó al aeropuerto para cambiar su vuelo, aunque tendría que pagar una enorme cantidad de dinero. Por suerte, o más bien gracias a Gabriel, tenía trabajo y pronto los problemas económicos dejarían de ser una pesadilla.

El vuelo salía en una hora y media y ya había hecho la maleta, de modo que solo debía cambiarse de ropa y llamar a un taxi. Esperaba que los reporteros siguieran en la cama.

Lo primero que haría al llegar a Sídney sería ir al almacén donde guardaba sus muebles para tirar las cosas que no necesitase y enviar el resto a Nueva Zelanda.

Y necesitaba un cambio de aspecto. Estaba cansada de que los reporteros la molestasen, y con ese pelo rojo era muy fácil de identificar.

Pero lo importante era que los servicios sociales supieran que estaba comprometida.

Los ojos se le llenaron de lágrimas mientras caminaba por la playa, las olas formaban espuma a sus pies.

Había sido una noche maravillosa, pero se había despedido emocionalmente de la relación.

Que Gabriel no se hubiera involucrado emocionalmente era lo más difícil de reconocer. Tal vez pensaba que no necesitaba hacerlo porque no era la primera vez que se acostaban juntos, pero a Gemma le dolía, y reforzaba su convicción de que debía llevar el control de la situación.

Si iban a estar comprometidos durante una semana, Gabriel tendría que hacer su papel. Debía valorarla y respetarla como si de verdad la amase.

Eso era importante para ella. Un hombre que valoraba a su prometida le enviaba flores, la invitaba a cenar… todos elementos importantes del cortejo a los que ella había renunciado por acostarse con él tan rápidamente.

Gabriel despertó al notar el sol en la cara y enseguida se dio cuenta de que estaba solo.

En cuanto abrió los ojos, supo que Gemma no solo se había levantado de la cama sino que se había ido de la casa.

Debería haberlo imaginado. Gemma se había distanciado de él después de hacer el amor... una distancia que él había intentado evitar poniéndole un brazo en la cintura.

Como si así pudiese retenerla.

Lo primero que vio al levantarse fue el vestido y los zapatos en el suelo. La bolsa había desaparecido y su camisa también.

Murmurando una palabrota, salió al balcón y apretó los labios al ver las huellas en la arena. Luego, enfadado, llamó al *resort* y pidió que lo pusieran con seguridad.

Unos minutos después cortaba la comunicación, furioso consigo mismo. Había pensado que Gemma quería estar sola un rato, pero era mucho peor que eso: se había ido al aeropuerto.

Gabriel encontró su nota en la cocina. El mensaje era muy corto, dándole las gracias por la noche que habían pasado juntos y anunciando los nuevos términos de su relación que, a partir de aquel momento, y debido a su nuevo estatus como empleada suya, no incluiría sexo.

Gabriel arrugó el papel, airado. Lo había dejado plantado.

Aunque no era la primera vez, técnicamente, él había roto la relación, pero Gemma jamás había intentado insistir o ponerse en contacto con él. Seis años antes, no había parecido afectada cuando le dijo que no podía haber una relación entre ellos.

Gabriel alisó el papel y volvió a leer la nota, frunciendo el ceño cuando vio la posdata, en la que decía que tendrían que hacer su papel como una pareja prometida.

¿Qué significaba eso?

El compromiso solo sería una farsa para facilitar que él obtuviera el control del banco y ella la custodia de su hija. Pero pensaba tener a Gemma en su cama hasta que descubriese dónde iba esa relación.

Cuando salió de la casa quince minutos después, estaba seguro de que era demasiado tarde.

Mientras iba hacia el *resort* llamó al aeropuerto, pero pasaron varios minutos hasta que pudo hablar con alguien. Él estaba acostumbrado a usar su influencia, pero cuando por fin averiguaron cuál era el vuelo de Gemma, el avión ya había despegado.

Gabriel dio un volantazo para detenerse en el arcén y salió del Maserati para mirar el cielo. Un avión se alejaba de Medinos en ese momento, seguramente el avión en el que iba ella...

Debería haberla retenido a su lado, tratarla como una cita en lugar de meterse en la cama con ella como un adolescente. Le había faltado finura, incluso buenas maneras.

El problema era que no estaba seguro de qué quería de esa relación. Lo único que sabía era que Gemma lo había fascinado seis años antes y seguía fascinándolo.

Apenas se conocían, pero siempre se dejaban llevar por la pasión. Lo que necesitaban era lo que no habían tenido nunca: tiempo para estar juntos.

Aunque él se había asegurado de que lo tuvieran.

Gabriel dejó escapar un suspiro de alivio. Tenía tiempo. Después de la noche anterior estaba seguro de que Gemma sentía algo por él. Ninguna mujer respondería como lo había hecho ella si no sintiera algo.

Entonces recordó la posdata de la nota.

En la revista que llevaba en la bolsa había otro artículo sobre la necesidad de que las mujeres fuesen valoradas en una relación, con algunas frases marcadas en rotulador, como si hubiera leído varias veces el artículo, memorizándolo.

Gemma quería que la cortejase, pensó.

Y ya que lo sabía, podía formular una estrategia. Estaba un poco oxidado en el mundo de las relaciones y, de hecho, nunca había cortejado a una mujer, pero contaba con una ventaja: a pesar de ello, Gemma se había acostado con él dos veces, y eso significaba que tenía una debilidad.

Una debilidad que él pensaba explotar.

Capítulo Seis

Cinco días después, Gemma entraba en las elegantes oficinas de Newmarket, Auckland, en su primer día de trabajo para Perlas Ambrosi.

Cuando se vio reflejada en las puertas de cristal estuvo a punto de dar un respingo al ver su nueva imagen, a la que aún no se había acostumbrado.

Alarmada por la atención de la prensa, que hablaba de su supuesto romance con Gabriel Messena, había ido directamente a la peluquería para teñirse el pelo de un tono castaño oscuro.

Después de eso, había decidido cambiar de aspecto por completo. Nada de colores fuertes, a partir de aquel momento usaría colores neutros, más clásicos. Y fue una suerte encontrar varios trajes y vestidos estupendos a muy buen precio en una tienda de segunda mano.

Aquel día llevaba un traje de chaqueta de color marrón claro, unas gafas sin graduación y el pelo sujeto en una trenza le daban un aspecto serio y profesional.

Pero, aunque el color del traje era aburrido, no era tan discreto como le habría gustado. La chaqueta era ajustada, destacando sus pechos y la curva de sus caderas, la falda por encima de la rodilla hacía que sus piernas pareciesen más largas. Además, llevaba zapatos de tacón porque por discreta que quisiera ser, tampoco era cuestión parecer un saco de patatas.

Por el momento, la nueva imagen funcionaba. Nadie la molestaba, no había reporteros por ningún sitio… y era lógico. Cuando se miró al espejo esa mañana apenas había podido reconocerse.

Un albañil que estaba pintando una pared le sonrió cuando pasó a su lado, y Gemma le devolvió la sonrisa mientras se dirigía a los ascensores. Aburrida de los colores neutrales, sí, pero aún no estaba muerta del todo.

Sabiendo que había entrado en territorio prohibido con Gabriel, intentó pensar en positivo. Esa mañana le había comprado a Sanchia un tutú rosa y unas zapatillas de ballet. Iba a darle el regalo en cuanto los servicios sociales la dejasen en paz y pudiese ir a buscarla. Teniendo unos ingresos garantizados, podría permitirse las clases de ballet que la niña tanto deseaba.

Pero cuando entraba en el ascensor oyó que se abrían las puertas de cristal del vestíbulo y escuchó una voz…

Gabriel.

Nerviosa, pulsó varias veces el botón que cerraba las puertas y dejó escapar un suspiro cuando al fin consiguió su objetivo. Luego, se bajó del ascensor en la segunda planta y se dirigió al mostrador de recepción. La recepcionista, una simpática rubia llamada Bonny, la esperaba. Gemma miró alrededor mientras seguía a la joven por un pasillo enmoquetado.

Cuando llegó a Sídney el contrato estaba en su correo. Lo único que tuvo que hacer fue firmarlo y enviarlo por fax. Una hora después había recibido un billete de avión para Auckland, algo que la había sorprendido, porque Gabriel no le había dicho que sus gastos de viaje estuvieran pagados por la empresa. Al día siguiente recibió el contrato de alquiler de un apartamento, cuya copia envió a los servicios sociales, junto con una copia del contrato de trabajo.

Bonny le presentó a otra mujer llamada Maris, que la llevó al despacho de Gabriel, dominado por un enorme escritorio de caoba. Aunque lo más notable era una pared cubierta de ordenadores que daban información financiera de todos los mercados del mundo.

Maris le indicó que se sentara mientras iba a buscar un café, pero Gemma estaba demasiado nerviosa como para sentarse.

Unos minutos después, Gabriel apareció con un traje oscuro, una camisa blanca y una corbata roja. Tan atractivo como siempre. A pesar de haberse preparado para ese momento, el corazón a Gemma le dio un vuelco cuando una imagen de Gabriel desnudo apareció en su cabeza...

–¿Qué te has hecho en el pelo?

–Necesitaba un cambio.

–Y no es solo el pelo –siguió él, mirándola de arriba abajo–, ¿desde cuándo necesitas gafas?

—Desde la semana pasada.

—Por el artículo en la revista –dijo Gabriel.

En el que contaban, equivocadamente, que había saltado de la cama de Zane Atraeus a la de Gabriel Messena.

—Me he cansado de ser el objetivo de los reporteros.

—¿De ahí el disfraz?

—Yo prefiero pensar que me estoy reinventando a mí misma.

—Si necesitabas protección, deberías habérmela pedido. Yo podría haber hecho que volvieras a casa sin que te molestasen.

Gemma apretó el asa de su bolso.

—La única razón por la que me molestan es por mi relación con tu familia.

—Eso, lamentablemente, es cierto –Gabriel alargó una mano para tocar un mechón de pelo que había escapado de la trenza–. ¿Cuánto tiempo llevarás ese color castaño?

Que se creyera con derecho a pedirle explicaciones de algo tan personal como el color de su pelo le recordó la noche en Medinos. Había sido tan seductor, sus caricias tan posesivas. Recordaba cómo la había abrazado después de hacer el amor, como si no quisiera dejarla escapar.

Aunque todo había sido una mentira. Gabriel no se había puesto en contacto con ella personalmente, y eso demostraba que su noche de pasión no había significado nada para él.

—¿Eso importa?

–A mí, sí.

Gemma tuvo que aclararse la garganta para olvidar cualquier ilusión romántica. La actitud posesiva de Gabriel era por una cuestión de imagen. Tal vez ya no tenía el aspecto que esperaba de su prometida.

–Pues no debería.

Él se encogió de hombros antes de acercarse al escritorio.

–Entonces, creo que deberíamos hablar de lo que es realmente importante. ¿Por qué te fuiste de Medinos sin decirme nada?

Gemma parpadeó. Allí estaba otra vez, la ilusión de que era su amante, de que le importaba de verdad.

–Te dejé una nota.

–La leí.

–No puedo tener una relación contigo y trabajar para ti al mismo tiempo, es imposible.

–Pero eso es lo que acordamos –le recordó él.

–Acordamos que sería un compromiso falso y sin…

–Sexo.

Lo había dicho muy serio, sin ninguna emoción.

–Eso es.

Pero, de repente, Gabriel estaba tan cerca que podía sentir el calor de su cuerpo.

–Si vas a ser mi prometida, tendremos que tocarnos –para ilustrarlo, le tomó la mano y entrelazó sus dedos con los de ella.

Y Gemma tuvo que aclararse la garganta de nuevo.

–No me importa fingir en público.

–Muy bien. Pero vas a tener que vestir un poco más… –Gabriel miró el traje marrón como si le disgustara profundamente–. ¿De dónde has sacado ese traje?

–¿Qué más da? Es un traje para trabajar.

–Es horrible. Pero Sophie, mi hermana, tiene una boutique en el hotel Atraeus. Ella podrá ayudarnos.

Gemma parpadeó, sorprendida, al saber que estaba involucrando a un miembro de su familia en aquella farsa.

–¿Ayudarnos?

–Somos una pareja, ¿no? Estamos comprometidos y vamos a ir de compras.

Un golpecito en la puerta rompió el silencio que siguió a tal anuncio. Gabriel intentó contener su impaciencia cuando Maris entró en el despacho con una bandeja de café, pero Gemma, deliciosamente sexy a pesar del aburrido traje, respondía a las preguntas de su secretaria con aplomo. Y eso le recordó que había sido la competente ayudante personal de Zane durante varios años.

Había hecho una comprobación de seguridad sobre ella, algo muy sencillo ya que, como director de la franquicia Perlas Ambrosi en Auckland, tenía acceso a la base de datos de la empresa.

No debería haberle sorprendido que tuviese un título en dramaturgia e interpretación. Podía ver su lado creativo en el escenario que había inventado en Medinos para seducir a Zane, y en aquel momento, con ese absurdo disfraz.

Descubrir que estaba entrenada para actuar le había creado ciertas dudas, pero saber que no se había acostado con ningún otro hombre desde su embarazo le decía que no entregaba su afecto a la ligera.

Además, estaba seguro de que Gemma seguía enamorada de él.

Era lo único que tenía sentido.

El instinto le decía que si cometía un error y ella se iba, no tendría otra oportunidad. En Medinos había pensado solo en sus propios deseos, decidido a salirse con la suya, pero no volvería a hacerlo. Durante esa semana, tal vez más tiempo, tenía carta blanca para mimar a Gemma, y pensaba hacerlo.

Gabriel terminó el café y dejó la taza sobre el escritorio antes de empezar a explicarle en qué consistiría el falso compromiso.

–Una semana como mínimo, pero tal vez necesitemos más tiempo. Esta noche vamos a cenar con Mario y Eva, que es organizadora de bodas…

Gemma levantó la cabeza.

–¿Eva Atraeus? ¿No es la chica con la que tu madre y Mario quieren que te cases?

Parecía horrorizada porque su familia quería casarlo con una prima carnal. La idea era arcaica, maquiavélica y, a pesar de la tensión, Gabriel tuvo que esbozar una sonrisa.

–A Mario le gustaría, pero creo que mi madre está buscando alguien que no sea de la familia. Ellos son así. Pero tranquila, Mario no piensa vender a su hija en un matrimonio incestuoso. Eva Atraeus no es prima carnal, es adoptada.

–Ah, bueno, qué alivio. Pero en ese caso no sé por qué no le has pedido a ella que fingiera estar comprometida contigo…

–No.

Ese seco monosílabo la sorprendió, pero no dijo nada.

–¿Por qué necesitas llevarme de compras?

Gabriel tiró del nudo de su corbata, sintiendo un extraño ahogo.

–Mario y Eva esperarán que lleves joyas y ropa de diseño.

Gemma sacó una agenda y un bolígrafo del bolso, como si fuera una eficaz secretaria siguiendo instrucciones.

–¿A qué hora es la cena y dónde?

–A las ocho. He pensado contratar un catering en mi apartamento.

–¿No vamos a un restaurante?

–No, esta noche no. ¿Querías ir a un restaurante?

–Lo que yo quiera no importa.

La frialdad de su tono le dijo, demasiado tarde, que había entrado en lo que sus hermanas gemelas, Francesca y Sophie, llamaban «terreno vetado».

–Mario es mayor y no quiero darle la noticia en un sitio público.

De inmediato, la expresión de Gemma se suavizó.

—¿Qué pasaría si no pudieras apartar a Mario del consejo de administración?

—Mi tío no puede interferir en las actividades diarias del banco. Su poder de veto se aplica a grandes inversiones, que afectan a algunos de nuestros mejores clientes y a todos los miembros de la familia. Si Nick no puede conseguir un préstamo para su último proyecto, tendrá que pedirlo a otro banco y Kyle y Damian también tienen proyectos en espera —Gabriel se encogió de hombros—. Su lealtad hacia mí les está haciendo daño.

—A toda tu familia, por lo que veo.

La familia era muy importante tanto para los Messena como para los Atraeus, y esa era la razón por la que aún no se había decidido a pedir una evaluación psiquiátrica de Mario. Era mayor y estaba senil, pero era un miembro de la familia y, hasta unos meses antes, una pieza importante para el banco.

—Eso es.

Gemma se levantó para acercarse a la ventana, en apariencia más interesada en el tráfico de la calle que en la tensión que vibraba entre los dos.

—Muy bien, iremos de compras, pero yo elegiré lo que me guste.

—Por supuesto, pero con una condición: nada de beis.

Ella lo miró, desconcertada, como si hubiera olvidado su conversación de unos minutos antes.

–Ningún problema.

El móvil le empezó a sonar en ese momento y Gabriel se puso tenso mientras la veía sacarlo del bolso. Cuando dejó que saltase el buzón de voz, se preguntó si sería Zane… o peor, otro hombre del que no sabía nada.

Pero, por molesto que estuviera, no cometió el error de preguntar.

–Como parte de la remuneración, el banco puede ofrecerte un préstamo para abrir un negocio, si ese es tu deseo.

La manera en la que lo miró dejaba claro que ofrecerle ayuda económica era un error.

–No quiero un préstamo, pero gracias por la oferta. Lo único que acepto es el salario estipulado en mi trabajo y el apartamento, ya que no tengo residencia en Auckland.

Gabriel se dio cuenta de que algo había cambiado desde que se acostaron juntos. Gemma se había vuelto tan fría como el traje que llevaba. No sabía qué había cambiado o por qué, pero estaba decidido a averiguarlo.

Podía entender que aplicase constantemente el freno a lo que sentía por él, pero que tuviera que controlar sus emociones era lo importante.

Gemma seguía deseándolo y cuando volviese a su cama la pasión sería mutua y ardiente.

Después de una breve conversación con un empleado del banco, Gabriel guardó el móvil y sacó las llaves del coche de un cajón.

–Vamos a sacar un anillo de la cámara acorazada del banco y luego iremos a la tienda de mi hermana.

Gemma se quedó helada.

—¿Un anillo?

—Según la posdata de tu nota, la condición era que los dos hiciéramos nuestro papel, ¿no? Pues eso significa que necesitas un anillo de compromiso. Además, Mario esperará ver uno en tu dedo.

Antes de que Gemma pudiese discutir, él abrió la puerta del despacho y Maris levantó la cabeza del ordenador.

Pálida, pero compuesta, Gemma pasó a su lado, dejando una deliciosa estela de perfume. A pesar del horrible color, el traje era muy sexy y la falda corta hacía que sus piernas pareciesen interminables.

Cada vez estaba más convencido de que le importaba de verdad. Eso explicaba la dicotomía de su comportamiento: cómo intentaba evitarlo, pero al final caía rendida en sus brazos.

El alivio se mezcló con una fiera emoción. Gemma no había podido resistirse, no habían podido resistirse el uno al otro. Tardaría algún tiempo, pero tiempo era algo que tenía. Y tarde o temprano sería suya.

De alguna forma, no sabía cómo, por fin estaba pisando el terreno de las relaciones. Y no le molestaba en absoluto.

***

Mientras se cerraban las puertas del ascensor, Gemma se mordió los labios. Tenía que contarle la verdad sobre Sanchia y pensaba hacerlo… cuando llegase el momento.

El falso compromiso le daría unos días para encontrar la manera de decírselo.

No sabía cuál sería su reacción o cómo iban a lidiar con esa situación, pero sí que Gabriel merecía saber que tenía una hija y Sanchia merecía conocer a su padre. Sería difícil compartir a la niña, pero era lo mejor.

Gabriel la tomó del brazo para salir del ascensor y, mientras caminaban por el aparcamiento, Gemma hizo un esfuerzo para relajarse. Durante la siguiente semana sería su prometida, de modo que debía acostumbrarse a esos roces.

Gabriel se detuvo al lado de un Ferrari y le abrió la puerta para que entrara.

–¿Has recuperado la custodia de tu hija?

–No, aún no. Conseguir el trabajo y el apartamento acelerará el proceso, espero. Creo que en una semana todo estará solucionado.

Gabriel cerró la puerta del coche y Gemma, alegrándose de que no hiciera más preguntas, se abrochó el cinturón de seguridad.

El poderoso motor del coche llamó su atención y, contenta de poder concentrarse en algo que no fuera personal, examinó el interior del precioso Ferrari.

–No te veo como un hombre de Ferrari.

–¿Y cómo me ves entonces? –preguntó él.

–No sé, me acostumbré a verte en un Jeep Cherokee como el que tenías en Dolphin Bay.

Gabriel entró en el aparcamiento del banco y estacionó el coche antes de volverse hacia ella.

–Tal vez por eso me gustan los Ferrari.

Gemma se quitó el cinturón de seguridad con manos temblorosas.

–¿Cansado de que te estereotipen?

–Cuando mi padre murió, de repente me convertí en el cabeza de familia, con cinco hermanos y dos de ellos menores de edad –Gabriel se encogió de hombros–. Ser padre a los veinticinco años no era lo que había planeado para mi vida, así que no iba a conducir un Volvo.

Gemma apartó la mirada. Tampoco ella había pensado ser madre a los veinte años.

–Es una sorpresa cuando no estás preparado.

–¿Lo estabas tú?

–Cuando tuve a Sanchia, no lo estaba, pero ahora que soy madre, no puedo imaginar la vida sin ella –Gemma decidió hacer la pregunta que la había mantenido despierta tantas noches–. ¿Por eso no quisiste tener una relación conmigo hace seis años? ¿Querías preservar la poca libertad que te quedaba?

–El negocio y la familia ocupaban todo mi tiempo. Una relación era imposible en ese momento.

Aunque no le gustó la respuesta, era una razón que podía entender. Le habían cortado las alas. Había tenido que cargar con el peso de la familia y el banco, aunque eso significara dejar aparcados sus sueños.

Y después de los sacrificios que había tenido que hacer, comprendía que le molestase que su familia estuviera maquinando un matrimonio de conveniencia para él.

Más que nunca, se alegraba de no haberle contado que estaba embarazada, de haber llevado sola esa responsabilidad. Para Gabriel, tener que casarse de repente hubiera sido la gota que colmara el vaso.

Salieron del Ferrari para entrar en el banco por una puerta de seguridad y el frío del aire acondicionado fue un alivio después del calor húmedo de la calle.

Gabriel iba saludando a los empleados y, cuando le preguntó cuánta gente trabajaba allí, el número la dejó sorprendida. El banco era una responsabilidad tremenda.

Por primera vez, entendió la carga que había soportado todos esos años. Mientras ella luchaba para sobrevivir como madre soltera, Gabriel había tenido que mantener todo aquello.

Él empujó una puerta que llevaba a la parte más antigua del edificio, con suelo de mosaico y techos altos decorados con molduras y frescos. La luz del sol, que entraba por enormes ventanas arqueadas, le daba un toque de palacio italiano, pero tras las oscuras puertas había grandes despachos con ordenadores de última generación.

Gemma miró los frescos del techo, con figuras de santos y pecadores. Caprichosamente, decidió que Gabriel podría ser un ángel...

En todos esos años, nunca lo había visto en su territorio o como cabeza de familia de una dinastía, en el epicentro del imperio Messena. A pesar de todo, había logrado preservar su generosa naturaleza y eso lo convertía en un ángel.

Gabriel saludó a un hombre fuerte con uniforme de seguridad, que los llevó hasta la cámara acorazada del banco, de la que sacaron una caja de metal. Gabriel la dejó sobre una mesa, esperando que el guardia se retirase antes de abrirla. En su interior había varias cajitas de joyas, una encima de otra, todas con un símbolo que Gemma había visto muchas veces mientras trabajaba para la familia Atraeus.

–No puedes darme eso. Es Fabergé.

Entonces miró alrededor, para comprobar que el guardia de seguridad, que se había apartado discretamente, no escuchaba la conversación.

–Si vas a ser mi prometida, todo el mundo esperará que lleves las joyas adecuadas. Esto era de mi bisabuela, Eugenie, que era rusa.

Dentro de la caja había un juego de collar, pendientes y anillo de diamantes... unas piedras enormes que brillaban bajo la lámpara. Gemma no podía imaginar lo que valdrían unos diamantes diseñados por Fabergé.

–No, imposible, no puedo aceptar.

–Es esto o tendremos que ir a una joyería –Gabriel miró su reloj–. Y tenemos que estar en la tienda de Sophie en media hora. Si quieres que compremos otra cosa, podemos hacerlo después.

Ella dejó escapar un suspiro de frustración.

–No tiene sentido comprar un anillo que solo voy a necesitar unos días.

–Entonces, ponte este –dijo él, sacando el anillo de la caja–. Necesitas un anillo de compromiso para esta noche. Si te queda bien, nos lo llevaremos.

–Podría usar un diamante falso o algo menos ostentoso…

–La esposa de un Messena no puede llevar diamantes falsos, solo los diamantes de la familia, es la tradición. Mario es un hombre muy tradicional y querrá ver qué te he regalado.

–Pero tiene que haber algo más barato…

–Si lo hubiera, la esposa de un Messena no lo llevaría.

Esa frase: «La esposa de un Messena», hizo que Gemma sintiera un escalofrío.

–Yo no voy a ser tu esposa.

–Eso no es excusa –tomando su mano, Gabriel le puso el anillo en el dedo.

El roce de su mano hizo que sintiera un escalofrío. Y se quedó sin aliento al ver que el anillo le quedaba perfecto.

Sus miradas se encontraron y durante un segundo pensó que iba a besarla.

Parpadeó, inesperadamente emocionada por el anillo, por la escena, algo con lo que nunca había soñado. Sin embargo, allí estaba. Gabriel acababa de poner en su dedo el anillo de compromiso más hermoso del mundo, que debería haber significado fidelidad y amor eterno. Pero no significaba absolutamente nada.

Le dolía en el alma, pero por fin hizo que se enfrentase con algo que debería haber sabido desde el principio: no se sentía fatalmente atraída por Gabriel Messena. De alguna forma, a pesar de todo, seguía enamorada de él.

Profunda, devastadoramente enamorada.

Gemma se quedó sin aliento. Ella sabía de lo extremo de su naturaleza, que la había metido en líos muchas veces. Todo era o blanco o negro. Y si estaba enamorada, no había nada que hacer.

Gabriel le apretó el brazo como si quisiera sujetarla.

–¿Te encuentras bien? Te has puesto pálida.

–Estoy bien, un poco cansada –dijo ella. Aunque sabía que no debería complicar la situación dejando que la tocase, dejó que la atrajese hacia él y durante un momento disfrutó del calor de su mano, de la preocupación que había en sus ojos.

Pero entonces examinó la aterradora verdad: que a pesar de todo, preferiría estar con Gabriel antes que con cualquier otro hombre.

Lo amaba y era un amor imposible.

En ese momento reconoció la verdad. Aunque le gustaría tener un marido que la quisiera de verdad y quisiera darle hermanos a Sanchia, eso no iba a ocurrir.

No iba a enamorarse de otro hombre. Había estado enamorada de Gabriel durante años… si era sincera consigo misma, desde que cumplió los dieciséis años y empezó a ayudar a su padre en la finca solo para ver a Gabriel de vez en cuando.

Eso explicaba que nunca hubiera sentido nada por ninguno de los hombres que se habían mostrado interesados en ella después de su embarazo.

Tuvo que mirar el anillo buscando una distracción, porque estaba a punto de ponerse a llorar.

—Oye… —cuando Gabriel le tomó la cara entre las manos, Gemma se rindió, apoyando la cabeza en su pecho.

Pero un ruido tras ellos hizo que se apartasen.

Cuando Gabriel la soltó, Gemma automáticamente empezó a quitarse el anillo.

—Déjatelo puesto, para eso estamos aquí.

El guardia de seguridad volvió a cerrar la cámara acorazada, pero al ver el anillo en su dedo enarcó una ceja.

—¿Están comprometidos?

Gabriel sonrió mientras estrechaba su mano.

—Sí.

—Al ver el anillo me he dado cuenta de lo que estaba pasando. ¿Ya tienen fecha para la boda?

—No, aún no tenemos fecha fijada. Te presento a Gemma O'Neill, mi prometida.

Después de preguntar por su mujer, que aparentemente sufría de artritis, Gabriel le puso una mano en la espalda para salir de la cámara acorazada.

Cuando Gemma se vio reflejada en las puertas de cristal que llevaban a los ascensores, se quedó sorprendida.

Parecía increíblemente voluptuosa con el traje de chaqueta. Por alguna extraña alquimia, el color le hacía brillar el pelo y la pálida piel como nunca. Con el fabuloso diamante en el dedo, parecía una mujer de la familia Messena...

–Tengo que pasar un momento por mi despacho –dijo Gabriel entonces.

–Ah, muy bien.

Unos minutos después estaban en el despacho y Gemma miraba alrededor, nerviosa.

–Si quieres arreglarte un poco, hay un lavabo ahí.

Era un baño de mármol italiano, con unas toallas blancas, gruesas y suaves como la seda. Después de trabajar para la familia Atraeus, Gemma estaba acostumbrada al lujo, pero no estaba acostumbrada a ver a Gabriel en ese escenario.

En Dolphin Bay le había parecido cercano, accesible. Allí no.

Cuando volvió al despacho, sus miradas se encontraron y la tensión que había logrado dejar atrás por unos minutos se apoderó de ella.

Mientras Gabriel trabajaba en su ordenador, ella se dejó caer sobre un sillón e intentó no enamorarse del anillo o de la improbable idea de que su compromiso pudiera ser real algún día.

Aunque él la quisiera, en cuanto descubriese que era el padre de Sanchia todo cambiaría. No le gustaría nada que le hubiese ocultado ese hecho durante seis años. Nada volvería a ser sencillo o cómodo para ninguno de los dos.

Poco después, una joven morena de ojos azules asomó la cabeza en el despacho. Su serena belleza y el elegante traje de chaqueta blanco la hicieron pensar por un momento que era Lilah Cole, pero enseguida notó las diferencias.

La joven llevaba el pelo más corto y era más bajita y delicada que Lilah. No alta y un poco desgarbada como ella, pensó luego.

Gabriel hizo las presentaciones, pero antes de que Gemma pudiese hacer algo más que saludar a Simone, una de las analistas del banco, Gabriel salió con ella al pasillo, donde hablaron durante unos minutos.

Cuando la conversación terminó, Simone asomó la cabeza en el despacho y la miró durante unos segundos antes de darse la vuelta.

Gemma se dio cuenta de que se había olvidado respirar. ¿Qué había querido decir esa mirada?

El brillo del anillo volvió a llamar su atención y deseó, demasiado tarde, no haberlo escondido en el regazo mientras Simone estaba en el despacho.

Si había tenido dudas sobre su amor por Gabriel, estas habían desaparecido por completo. Había querido alejarse para neutralizar la irresistible atracción que sentía por él, pero solo había conseguido dar un paso adelante en la dirección contraria.

Porque sentía unos celos fieros, primitivos.

Capítulo Siete

Gemma se había puesto un vestido de color mandarina que Sophie, la hermana de Gabriel, le había ayudado a elegir, pero cuando Gabriel fue a buscarla para la cena insistió en subir un momento.

Ella no quería que subiera porque el apartamento estaba lleno de fotografías de Sanchia, pero después de pulsar el botón que abría el portal corrió a esconderlas.

Dejó fuera una fotografía de Sanchia recién nacida porque sería extraño que no tuviese ninguna. Aunque incluso eso era un riesgo, porque con el pelo y los ojos oscuros, la niña parecía una Messena.

Cuando Gabriel entró en el apartamento se sintió extrañamente tímida. Gabriel sacó la caja de Fabergé del bolsillo y le mostró el collar.

–Quiero que te lo pongas esta noche.

Gemma miró la cascada de diamantes brillar.

–¿Porque eso es lo que espera Mario?

–No, porque yo quiero que te lo pongas.

–Esa no es una buena respuesta.

–Pero es la verdad.

Gemma respiró profundamente mientras le levantaba el pelo para que le pusiera el collar, mirando a Gabriel a través del espejo.

–Es precioso.

–Te queda muy bien.

–Los diamantes le quedan bien a todo el mundo –bromeó, apartándose antes de hacer alguna estupidez, como volverse para buscar sus labios.

Pero su corazón empezó a latir violentamente al ver que Gabriel tomaba la fotografía de Sanchia.

–¿Es tu hija?

–Sí.

Él dejó el marco sobre la mesa sin decir nada y, sintiéndose peor de lo que había esperado, Gemma tomó su bolso antes de abrir la puerta.

La mirada de Gabriel era enigmática y se preguntó ansiosamente si habría visto el parecido.

–¿Quién ha hecho la cena? –le preguntó una vez dentro del coche.

–Maris ha llamado a un restaurante que solemos contratar para las fiestas. Me temo que yo cocino lo mínimo.

Animada por su tono relajado, Gemma intentó concentrarse en los carteles de neón y los escaparates de las tiendas mientras atravesaban la ciudad para dirigirse a la zona residencial del puerto donde estaba su apartamento… un apartamento que era un tríplex y parecía una pequeña mansión, pensó cuando llegaron allí.

–Tengo que ducharme antes de que lleguen Mario y Eva, así que ponte cómoda.

Dejando su bolsito sobre un taburete de la cocina, Gemma decidió familiarizarse con el apartamento antes de que llegasen los invitados. Como supuestamente era la prometida de Gabriel, debería conocer el sitio. Sería un poco raro que no supiera dónde estaba el dormitorio, por ejemplo.

Pero Gabriel había subido por la escalera, de modo que debía estar en el piso de arriba. Y no pensaba arriesgarse a subir.

Cuando estaba cerrando la puerta del aseo para invitados sonó el timbre. Y Gabriel seguía en la ducha…

No estaba lista, no había tenido tiempo para investigar la cocina o ver cómo funcionaba el estéreo, pero era demasiado tarde.

En el descansillo había una guapa morena con una botella de champán que la miró arrugando el ceño.

–Hola, ¿eres amiga de Gabriel?

Gemma intentó llevar oxígeno a los pulmones.

–En realidad, soy su prometida.

La joven no pudo disimular su sorpresa. Y más cuando vio el anillo que llevaba en el dedo.

–Llevas el Fabergé.

Gemma le preguntó si había alguien con ella, y cuando Eva respondió que su padre llegaría más tarde, cerró la puerta.

–Gabriel está en la ducha. Ven, vamos a tomar una copa.

Eso si podía encontrar las copas.

–¿Desde cuándo conoces a Gabriel?

–Desde hace años.

–Entonces debes ser de Dolphin Bay.

–Así es.

Eva frunció el ceño, pero ese gesto la hacía más atractiva.

–Me suena tu cara. Tal vez nos hayamos visto alguna vez.

Gemma empezó a abrir armarios, fingiendo no haberla oído. Por fin, encontró las copas y sacó dos, que dejó sobre la encimera. Afortunadamente, Gabriel había abierto una botella de vino, porque no sabía dónde guardaba el sacacorchos.

–Si estabas en la boda de Constantine, tal vez te viera allí –insistió Eva.

–No fui a la boda de Constantine.

–¿Pero lo conoces?

–Sí, lo conozco –Gemma se mordió la lengua para no dar más información de la necesaria.

Estresada, y deseando que Gabriel bajase de una vez, se sirvió un vaso de agua. Iba a tener que mantener la cabeza fría esa noche y no podía arriesgarse a beber alcohol.

–Espero que no te importe si pongo música. Gabriel tiene una buena colección de jazz.

Gemma intentó sonreír de una manera natural, la que usaba con los clientes más pesados.

–Por supuesto que no.

En cuanto la joven desapareció, se dirigió a la escalera, pero cuando llegó arriba, Gabriel salía de la ducha, con una toalla blanca alrededor de la cintura.

–¿Han llegado Eva y Mario?

–Solo Eva, con una botella de champán. Por lo visto, Mario llegará un poco más tarde.

Gabriel se pasó una mano por el pelo mojado.

–¿Champán? Vaya, entonces debe estar de buen humor.

–¡Mi padre está en una reunión y llegará en media hora! –escucharon la voz de la joven en el piso de abajo–. Gabriel… ¿por qué no me habías dicho que estabas comprometido?

–Porque ha sido algo repentino –respondió él, tomando a Gemma por la cintura.

Y antes de que pudiera protestar, le dio un beso en los labios.

Si las copas fueron incómodas, la cena fue peor.

Mario, un hombre mayor impecablemente vestido, llegó con uno de los hermanos menores de Gabriel, Kyle, que como todos los demás hombres de la familia era alto, moreno y musculoso. Aunque sus ojos no eran oscuros sino de un verde penetrante. Y la sombra de barba le daba un aspecto peligroso, aunque era inversor financiero.

–Gemma –dijo Kyle, sorprendido–, hace mucho tiempo que no te veía. La última vez fue en Sídney, en una subasta de arte con Zane.

Eva, que iba a llevarse la copa a los labios, se detuvo. Parecía curiosa más que enfadada y Gemma se lo agradeció. Por mucho que Mario intentase casarla con Gabriel, estaba claro que a ella no le hacía demasiada gracia la idea.

–No sabía que conocieras a Zane.

–Soy de Dolphin Bay –le recordó Gemma, buscando desesperadamente a Gabriel con la mirada–. Los conozco a todos, Constantine, Lucas, Zane.

–No recuerdo que Zane haya ido nunca a Dolphin Bay.

Gabriel, con un pantalón oscuro y una camisa del mismo color, decidió intervenir:

–Fue una vez, cuando tenía quince años, antes de irse a la universidad.

Gemma dejó escapar un suspiro de alivio. En realidad, daba igual que Eva descubriese que había sido la notoria ayudante de Zane Atraeus, si hubiera algún problema, Gabriel no le habría pedido que se hiciera pasar por su prometida.

La mirada de Mario era glacial, pero intentaba mostrarse amable.

–Es un anillo precioso, enhorabuena –le dijo, volviéndose a Eva–. Tú podrías haber llevado ese anillo, hija.

–¡Papá! –exclamó ella, mirándolo con gesto de reproche–. Lo siento, Gabriel. Mi padre no acepta que no estamos hechos el uno para el otro.

–Necesitas un marido –insistió Mario.

–Yo estoy casada con mi trabajo.

El hombre se dejó caer sobre un sillón.

–Las mujeres no deberían dedicarse a los negocios.

Kyle decidió interrumpir la conversación tomando la mano de Gemma para observar el anillo.

–Menuda piedra. Tiene muchos años de historia –murmuró, mirando a su hermano con gesto de curiosidad.

Gabriel le ofreció una cerveza.

–Estás aquí para evitar problemas, no para crearlos –le dijo en voz baja.

–Muy bien. Entonces, me sentaré con Eva. Eso será divertido.

–¿Crees que debemos empezar a cenar, Gabriel? –preguntó Gemma.

–Mientras usemos cuchillos de plástico…

Ella esbozó una sonrisa.

–¿Por qué todo el mundo parece reconocer el anillo?

–Porque tiene detrás una bonita historia. Por eso lo elegí precisamente –Gabriel fue a la cocina y abrió la puerta del horno–. Eugenie, mi bisabuela, tenía reputación de mujer esquiva. Mi bisabuelo la cortejó, persiguiéndola por varios continentes, y por fin sucumbió cuando le ofreció las joyas.

A Gemma le habría gustado saber algo más, porque la historia sonaba interesante, pero decidió ayudarlo a sacar las bandejas de antipasto y diminutas pizzas que iban a tomar como entrante.

La conversación de Mario era inconexa y a veces incoherente. Estaba claro que le costaba trabajo recordar algunas cosas.

Pero Eva parecía muy interesada en saber cuándo y cómo le había propuesto matrimonio Gabriel y cuándo tendría lugar la boda.

Fue un alivio cuando se levantaron de la mesa para servir el asado de carne. Cuando llegaron al postre, tiramisú, Eva había dejado de hacer preguntas.

Y Gemma estaba segura de que, a pesar del tinte en el pelo, sabía quién era.

Gabriel notó su incomodidad y envió a Kyle una señal con la mirada. Su hermano se levantó inmediatamente y se ofreció a llevar a Eva y Mario a casa. El anciano había llegado en taxi y Eva había ido en su coche, pero había tomado varias copas de champán y Kyle se negaba a dejarla conducir.

En cuanto se fueron, Gemma dejó escapar un suspiro de alivio.

—Qué horror.

—¿Tan horrible ha sido?

—No, bueno... la verdad es que se han mostrado muy amables, pero yo estaba nerviosa —respondió ella, tomando su bolso.

—¿Te vas?

Gabriel la miraba a los ojos mientras hacía la pregunta y Gemma supo de inmediato lo que estaba diciendo: podía quedarse si eso era lo que deseaba.

—Puedo volver a casa en taxi.

—No, te llevaré yo.

Hicieron el viaje de vuelta en silencio, por las calles casi vacías. Cuando Gabriel frenó en un semáforo, Gemma estudió su perfil intentando no recordar sus besos.

—¿Has conseguido lo que querías?

—Mario sabe que su papel como fideicomisario toca a su fin. He hablado con él antes de que se fuera y mañana tendremos una reunión en el banco.

–Entonces, la situación legal debería estar resuelta en una semana.

–Es posible.

Cuando llegaron a su apartamento, Gabriel insistió en subir con ella y le quitó la llave de la mano para abrir la puerta, un gesto de anticuada caballerosidad que la hizo sonreír.

Gemma miró la fotografía de Sanchia, preguntándose cuándo iba decirle que era hija suya. Pero él pasó frente a la fotografía sin decir nada y decidió que no era el momento.

Resultaba tan íntimo estar con Gabriel en su apartamento, con el dormitorio visible al final del pasillo…

–Bueno, ¿qué más tenemos que hacer para que la gente crea esta farsa?

Gabriel tiró de su mano contra su torso.

–Esto –respondió, inclinando la cabeza para buscar sus labios.

Cuando levantó la cabeza su mirada era oscura e intensa.

–Y tal vez podríamos hablar de la verdadera razón por la que me diste la espalda en Medinos.

Ella cerró los ojos un momento.

–No pensé que quisieras nada más.

–Ha pasado mucho tiempo, pero nunca te he olvidado. Cuando estábamos en Medinos me di cuenta de que no debería haberte dejado ir hace seis años. Quiero recuperarte, cariño.

Esas palabras, el tono ronco de su voz, el término cariñoso…

Gemma era incapaz de absorber la información cuando llevaba seis años grabando en su mente el mensaje contrario.

Gabriel volvió a besarla y en esta ocasión se tomó su tiempo.

La deseaba, quería estar con ella.

Una increíble sensación de felicidad hizo que le temblasen las rodillas.

No debería volver a hacer el amor con él... de hecho, era ella quien le había pedido que no hubiera sexo. Pero era tan seductor y había sido tan atento durante toda la noche.

Falso compromiso o no, había puesto un precioso anillo de compromiso en su dedo y ella se sentía como su prometida.

Sin embargo, se apartó.

—¿Por qué si no nos hemos visto en seis años?

—Por esto —tomando su cara entre las manos, Gabriel volvió a buscar sus labios, la caricia evocando recuerdos casi enterrados, embargándola de una emoción intensa e increíblemente dulce.

Una noche más. ¿Qué podía pasar?

A pesar de las razones para no hacerlo, la tentación era irresistible.

Unos días más y todo cambiaría, porque Gabriel sabría que Sanchia era hija suya. Cuando descubriese la verdad, no habría más besos ni caricias. En ese momento, Gemma tomó una decisión: una noche más. Le hablaría de Sanchia por la mañana.

—Yo también te deseo —murmuró, echándole los brazos al cuello—. Pero eso ya lo sabes.

Sin decir nada, Gabriel la llevó al dormitorio y le desabrochó el vestido, que cayó al suelo mientras ella le desabrochaba la camisa con manos un poco temblorosas.

La luz de la farola, que se colaba a través de las persianas, le daba aspecto de felino… un tigre apasionado y poderoso. Mientras le quitaba el sujetador, Gemma recordó la oscura habitación en Medinos, la tormenta golpeando las ventanas.

Gabriel la empujó suavemente sobre la cama y, después de quitarse el pantalón, le quitó las braguitas con un suave movimiento.

–Eres preciosa –dijo con voz ronca.

El siguiente beso la hizo temblar de la cabeza a los pies. Dejando escapar un gemido ronco, Gabriel se colocó sobre ella y Gemma enredó los brazos en su cuello.

Después de otro beso ya no hubo necesidad de palabras.

Gabriel despertó con la primera luz del amanecer y se colocó de lado para mirar a Gemma.

A pesar de haber hecho el amor durante toda la noche, había sentido algo raro, algo que no podría explicar. Pero averiguaría qué era lo que creaba esa distancia entre ellos y haría lo que tuviese que hacer para eliminar el problema.

Tenía tiempo. Gemma estaba de vuelta en su cama y no pensaba apresurarse.

Saber que llevaba su anillo lo llenaba de satisfacción. En un par de días, sugeriría que el compromiso fuese real. Tal vez era un poco pronto, pero no tenía sentido esperar.

Notó entonces las ojeras de Gemma y decidió que, ya que estaban comprometidos, podía hablar con los servicios sociales que tantos problemas le estaban dando.

Gemma debía estar preocupadísima por su hija, pero todo eso terminaría pronto. Él cuidaría de ella y de la niña. No les faltaría de nada y nunca volverían a tener problemas económicos.

Si aceptaba su ayuda.

Los O'Neill eran orgullosos e independientes. A su manera, tanto como su familia.

A pesar de la bonita ropa, la vida sofisticada y la desenvoltura que había adquirido siendo ayudante de Zane, Gemma seguía siendo una O'Neill de los pies a la cabeza.

Su decisión de hacer real el compromiso se solidificó entonces. Había salido con suficientes mujeres como para saber que Gemma era diferente.

Aparte de la atracción que sentía por ella, le gustaba como persona y no le preocupaba que la pasión que había entre ellos fuese obsesiva o destructiva. Lo difícil que había sido volver a tenerla en su cama dejaba eso bien claro.

El anillo que llevaba en el dedo brillaba a la luz del amanecer. El diamante era increíblemente valioso y con una notable historia. Si algún día decidía venderlo habría una larga lista de compradores, todos registrados en Sotheby's, dispuestos a pagar lo que pidiera. Sacar ese anillo de la cámara acorazada del banco era un gesto importante, algo que Eva, Mario y Kyle habían reconocido de inmediato.

Que le hubiera puesto precisamente ese anillo en el dedo decía que estaba dispuesto a dar un paso que ningún Messena daba de buen grado.

El matrimonio.

Las rosas llegaron por la mañana, mientras Gemma se vestía para la reunión con los abogados. Estaba llenando un jarrón cuando llegó un segundo ramo, en esta ocasión de rosas rojas.

Mareada de alegría por el detalle, buscó vasos y jarras para ponerlas y las colocó por todo el apartamento antes de volver al dormitorio para terminar de vestirse.

Ese día llevaría un vestido de color verde esmeralda con chaqueta a juego que habían comprado en la boutique de Sophie y que le daba un aspecto a la vez serio y femenino.

Después de sujetarse el pelo en un elegante moño, se puso unos zapatos de tacón. Con el anillo de diamantes tenía un aspecto exclusivo, el de una mujer a punto de casarse con un multimillonario. Aunque ella no iba a casarse con Gabriel.

Cuando oyó el rugido del Ferrari se le encogió el estómago de pura emoción. Se sentía tan feliz que le daban ganas de llorar, aunque sabía que todo aquello era una farsa que terminaría pronto.

Gabriel, que había ido a su casa a ducharse y cambiarse de ropa antes de ir a buscarla, estaba abriéndole la puerta cuando bajó.

Y Gemma no podía dejar de sonreír.

—Gracias por las flores.

—De nada —dijo él, tomándola entre sus brazos para besarla.

Gemma subió al coche sintiéndose increíblemente feliz y, unos minutos después, estaban en el bufete. Don Cade, un abogado de la edad de Mario, se levantó para recibirlos.

Después de las presentaciones, Gabriel apartó una silla para ella y empezó la reunión.

Un hombre más joven entró en el despacho entonces y fue presentado como Holloway, asociado de la firma.

Gabriel frunció el ceño y, unos minutos después, cuando empezó a sacar recortes de revistas y otras pruebas que, según él, demostraban que Gemma no podía ser su prometida, entendió por qué.

Holloway era detective.

Cade dirigía todos sus comentarios a Gabriel, ignorándola a ella por completo, como si conociera esa información antes de que hubieran sido presentados. De modo que era una trampa...

Furiosa, se levantó para mirarlo directamente a los ojos.

—Las pruebas que ha amasado para demostrar que no hay tal compromiso son impresionantes, pero desgraciadamente su hombre no ha hecho bien su trabajo. Un buen investigador no se apoyaría en las informaciones de una revista de cotilleos. Usted dice que no estamos comprometidos, pero se equivoca.

Gabriel, que parecía tan enfadado como ella, se levantó también.

–Pídale a su hombre que se vaya.

Cade lo hizo, pero el detective dejó su informe sobre la mesa antes de salir, y cuando el abogado empezó a dar su veredicto en voz baja, Gemma decidió que no iba a aguantar más.

Furiosa, sacó el pasaporte de Sanchia, que su hermana le había enviado junto con la correspondencia el día anterior.

–Si cree que Gabriel y yo no tenemos una verdadera relación, se equivoca –le angustiaba lo que tenía que hacer, pero no había otra salida–. Gabriel y yo tenemos una hija en común, una hija de cinco años. Creo que esto es un poco más creíble que los cotilleos de una revista –añadió, volviéndose hacia Gabriel para mirarlo a los ojos–. Lo siento mucho.

Luego, tomó el informe de Holloway y lo rompió en mil pedazos antes de salir del despacho.

Gabriel llegó al apartamento de Gemma unos minutos después de que lo hiciese ella, con el pasaporte de Sanchia en el bolsillo. Sabía que estaría allí porque la había seguido, pero casi había temido que no le abriese la puerta.

Lo primero que vio fue una maleta en el pasillo de la que sobresalía algo rosa… Gabriel tiró de la prenda y tuvo que sentarse en una silla, con el corazón latiéndole como loco en el pecho.

El tutú, porque eso era la tela rosa, le parecía más real que la foto de pasaporte. El tutú era para Sanchia. Su hija.

Gabriel tuvo que hacer un esfuerzo para respirar. En aquel momento entendía por qué Gemma no se había puesto en contacto con él en todos esos años. Y por qué nunca se habían encontrado, aunque ella trabajaba para los Atraeus.

Gemma dejó escapar un suspiro.

–Pensaba contártelo.

–¿Cuándo?

–Hoy –respondió ella–. Solo quería una noche más antes de hacerlo –Gemma se sentó a su lado, preciosa con el vestido verde, el rostro pálido.

–¿Qué creías que iba a hacer? ¿Romper contigo?

–Sí.

Como había hecho seis años antes.

–Vamos a casarnos pase lo que pase –Gabriel tuvo que hacer un esfuerzo para respirar–. ¿Puedo ver una foto de la niña?

Gemma se levantó para abrir un armario del que sacó un montón de marcos y, de repente, el engaño le rompió el corazón. Había escondido esas fotos; le había escondido a su hija.

Nerviosa como estaba, se le cayeron los marcos al suelo y Gabriel se movió sin pensar, ayudándola a recuperar las fotos de Sanchia... Sanchia de bebé, una alegre niña de ojos oscuros y pelo negro como el suyo, Sanchia con tres o cuatro años, alegre, simpática, con la misma gracia que su madre.

No hizo falta nada más para que se enamorase por completo de su hija. Le dolía tanto haberse perdido los primeros seis años de su vida...

Al ver una fotografía de Sanchia con un sombrero de fiesta y una mancha de chocolate en la cara sintió que se le encogía el corazón. Daba igual lo que pasara, no podía perderla.

Gemma le entregó un sobre de color rosa con una serie de fotos de Sanchia recién nacida, diminuta, envuelta en una mantita blanca.

–Cuando me llamaste para preguntar si estaba embarazada no sabía que lo estuviera. Lo supe cuando estaba de tres meses. No me di cuenta porque mis reglas eran muy irregulares –Gemma señaló una fotografía–. Mira, aquí tenía cinco minutos de vida. Mi hermana hizo las fotos.

Gabriel se emocionó al ver aquella cosita tan pequeña... y a Gemma, pálida y agotada, con ella en brazos.

–¿Tu hermana estuvo contigo en el parto?

–No había nadie más –los ojos de Gemma se encontraron con los suyos–. No ha habido nadie más, ningún otro hombre.

Gabriel se olvidó de las fotos por un momento. No había habido ningún hombre desde su embarazo. Gemma no se había acostado con ningún otro desde entonces.

–¿Por qué no me contaste que estabas embarazada? Nos habríamos casado...

–No creía que fueras a casarte conmigo.

Él se quedó en silencio un momento.

–Tienes razón. Después de lo que le pasó a mi padre, tenía las manos atadas. ¡Maldita sea, qué desastre!

–Aparte de que estabas ocupado con el banco y tu familia, pensé que si de verdad me quisieras te habrías puesto en contacto conmigo de alguna forma, pero no lo hiciste. Ni siquiera una llamada de teléfono –Gemma se puso en cuclillas, pensativa–. Vivíamos en la misma ciudad, y algunos días pasaba por delante del banco para verte. De hecho, te vi un par de veces.

–Deberías haberme dicho algo...

–¿Cómo iba a decirte que estaba embarazada si tú me habías dejado claro que no había futuro para nosotros?

Gabriel se encogió de hombros.

–Habríamos encontrado alguna solución.

–Lo siento, yo no quería caridad. Sabía que no era la esposa que tú deseabas.

En ese momento, la inseguridad de los sentimientos de Gemma hacia él se evaporó.

–Estabas enamorada de mí.

–Durante mucho tiempo –respondió ella–. ¿Por qué crees que decidí ayudar a mi padre en el jardín? ¿Por qué crees que me acosté contigo?

Nerviosa, se incorporó para reunir los marcos y dejarlos en la mesa y Gabriel se levantó también.

Necesitaba tiempo, los dos necesitaban tiempo, pero en ese momento supo que no podía esperar o la perdería.

–Cuando he dicho que debemos casarnos hablaba completamente en serio. ¿Qué te parece si hacemos que el compromiso sea real?

Capítulo Ocho

Gemma tragó saliva. Con su mirada oscura clavada en ella, se sentía expuesta y vulnerable. Gabriel sabía que era el único hombre al que había amado en toda su vida, que seguía amándolo, que no tenía defensas.

El brillo del anillo de compromiso le recordaba algo más que no tenía: su amor.

Quería casarse con ella, pero seguía siendo la misma persona que había sido seis años antes, cuando no la había querido en su vida. Compartían una hija y el matrimonio lo ayudaría a controlar el banco…

No era amor verdadero, el amor profundo que siempre había querido. Gabriel estaba ofreciéndole una solución práctica.

—No tienes que casarte conmigo, pero si insistes, acepto. Ya le he hablado a Sanchia de ti y te quiere en su vida. Está deseando conocerte.

Llegaron a Dolphin Bay a las cuatro de la tarde y fueron directamente a casa de Lauren, situada muy cerca de la playa.

Mientras Gabriel aparcaba el Ferrari, Gemma

se quitó el cinturón de seguridad con manos temblorosas. Estaba deseando ver a su hija y sabía que en cualquier momento saldría corriendo de la casa.

Mientras se colocaba el bolso al hombro y Gabriel sacaba del capó una bolsa llena de regalos, vieron a un montón de niños mirando el coche con cara de curiosidad.

–¿No son los nietos de la señora Robert? –preguntó Gabriel.

–¿Cómo lo sabes?

–La señora Robert solía darnos clases de piano y sus hijos venían a casa para nadar en la piscina. Se parecen mucho a ellos.

Cuando estaba empujando la verja, la puerta de la casa se abrió y una niña morena salió corriendo.

–¡Mami, mami!

Gemma se preparó para el impacto y, un segundo después, envolvió a Sanchia en sus brazos, respirando el aroma de su pelo mientras intentaba contener las lágrimas.

El día anterior había recibido el visto bueno de los servicios sociales, pero su alivio estaba atemperado por el miedo a la reacción de la niña cuando supiera quién era Gabriel.

Sanchia se apartó para mirarlo. Su parecido con él era enorme, incluso su manera de mirar…

–¿Tú eres el papá?

Gabriel se puso en cuclillas.

–Sí, lo soy. Soy tu papá.

–¿Entonces estáis casados?

Gemma se aclaró la garganta.

–No, aún no, cariño. Pero tú serás mi dama de honor en la boda.

Sanchia siguió mirando el rostro de Gabriel con expresión fascinada.

–¿De verdad eres mi papá?

–Lo soy, sí. Y estoy muy feliz de serlo.

–Bueno –dijo la niña, después de pensarlo un momento–. Vamos dentro. La tía Lauren ha hecho un pastel y Owen y Benny la están volviendo loca porque no pueden probarlo hasta que estemos todos.

–¿Un pastel? Qué rico.

–Es de chocolate, mi favorito.

–El mío también –los ojos de Gabriel se encontraron con los de Gemma y, en ese momento, Gemma se dio cuenta de que su expresión era más indescifrable cuando más sentía.

Eso no cambiaba el limbo en el que se encontraban, pero al fin tenía una esperanza a la que agarrarse. No sabía si Gabriel podría amarla como ella necesitaba ser amada, pero tenía que intentarlo por su hija.

Mientras subían los escalones del porche, Sanchia tomó la mano de Gabriel de esa manera natural con la que hacen las cosas los niños. Y su corazón se encogió al ver que él apretaba la mano de su hija con gesto emocionado. La quería.

Al menos, esa parte estaba bien.

***

Después de dar un paseo por la playa con Sanchia, que insistió en ponerse el tutú rosa sobre el pantalón del chándal, volvieron a la casa para recoger sus cosas. Lauren y sus hijos los despidieron en la puerta con besos y abrazos y, diez minutos después, entraban en la finca Messena.

–Mi madre sigue en Medinos, así que tenemos la casa para nosotros solos durante un par de días.

Era tan raro alojarse en la mansión de los Messena. Y no le apetecía nada ver a Luisa, que seguramente la odiaría porque no era la novia que había pretendido para su hijo.

Gabriel las llevó a sus habitaciones, preparadas por el ama de llaves, la señora Sargent. La habitación de Sanchia contenía una colección de peluches y una cesta de llena de juguetes que la hicieron saltar de alegría.

–Mi habitación está al otro lado del pasillo –dijo Gabriel.

Gemma apartó la mirada de la camiseta blanca que destacaba sus anchos hombros y unos bíceps de acero. Pero la expresión de Gabriel era tan remota como esa mañana, cuando descubrió que Sanchia era su hija.

Suspirando, dejó su bolso sobre un baúl a los pies de la cama mientras él abría las puertas del balcón.

De inmediato, una suave brisa le llevó el aroma de las glicinias y las rosas que se enredaban en la balaustrada de hierro forjado.

–El balcón de Sanchia está cerrado con cerrojo.

–Gracias por ser tan bueno con ella.

–No me resulta nada difícil –Gabriel apoyó un hombro en la pared, con un aspecto serio y muy sexy–. Gracias a ti por mostrarme esas fotografías esta mañana.

–Tengo muchas más… y todos los negativos si quieres copias.

–Como vamos a vivir juntos, no necesitaré copias.

El serio timbre de su voz la hizo temblar. Estaba en una situación en la que nunca había pensado estar: prometida con Gabriel, en la casa de su familia. Cuando volvieran a Auckland después de la boda, Sanchia y ella se mudarían a su apartamento. Aunque él había dejado claro que, por el momento, no compartirían cama.

Iban a casarse.

La desorientación se mezcló con una oleada de tristeza que la hizo caer sobre la cama. Había soportado el día sonriendo a Lauren y a los niños, jugando en la playa y explicando que Gabriel y ella no solo tenían un futuro por delante sino un pasado. Pero la felicidad que había intentado proyectar era algo vacío.

El compromiso era real, pero ese algo especial, la posibilidad de un amor apasionado, el que hizo que su corazón adolescente se volviera loco, había desaparecido por completo.

Estaban juntos, pero la relación era forzada. Seguramente Gabriel ya no la deseaba y esa era la esencia del problema. Ella necesitaba ser amada, ser el centro de su vida. Necesitaba que Gabriel se enamorase de ella, no que se sintiera forzado a quererla porque era la madre de su hija.

–Oye, ¿por qué tienes esa cara tan triste?

–No es fácil estar alegre.

–¿Por qué no? Ya he empezado con los preparativos de la boda. Para comprar el vestido podemos ir a París o Milán, o pedir a algún diseñador que venga aquí a tomar medidas–. Gabriel sacó la cartera del bolsillo del pantalón–. Toma –le dijo, ofreciéndole una tarjeta de crédito–. Compra todo lo que quieras y si tienes algún problema, díselo a Maris.

Gemma miró la tarjeta de crédito con el corazón encogido.

Había aceptado casarse con él, pero la idea de casarse sin amor le dolía tanto…

–¿Y si la pierdo?

Gabriel esbozó una burlona sonrisa.

–Pediremos otra.

Gemma se sintió un poco ridícula. Gabriel era el propietario de un banco. Podía perder una tarjeta platino y no darse ni cuenta.

–Tendrás que memorizar la clave.

–Ningún problema, tengo buena memoria. Aún recuerdo el número de la tarjeta de Zane, aunque imagino que lo habrá cambiado.

–¿Tenemos que hablar de Zane?

Gemma lo miró sorprendida. ¿Había detectado una nota de celos en su voz?

–¿Quién es Zane?

Gabriel sonrió mientras le tomaba la mano para tirar de ella.

–Un pariente lejano. Cuando estemos casados, nos encontraremos con él de vez en cuando.

–No tienes que preocuparte por él. Era mi jefe y un buen amigo, nada más.

–Me alegro, porque no me gusta compartir.

Su tono posesivo hizo que renaciera la esperanza. Esa mañana había pensado que acabaría odiándola por haberle escondido la verdad sobre Sanchia, pero, por primera vez, pensó que tal vez aún había una oportunidad para ellos.

–Pareces cansada. Deberías echarte un rato.

Tomando su cara entre las manos, Gabriel inclinó la cabeza para buscar sus labios, pero el beso le pareció forzado, como si estuviera pensando en otra cosa. Y, a pesar de la ilusión que había sentido unos segundos antes, las dudas volvieron.

Si Gabriel la había rechazado seis años antes, ¿qué posibilidad había de que se enamorase de ella?

La realidad era que el único nexo de unión entre los dos era Sanchia.

En ese momento, la niña entró en la habitación con un móvil en la mano y, de inmediato, Gabriel la soltó.

–¿Me das el número de tu móvil?

–Sí, claro.

Mirando a Gemma con una sonrisa en los labios, Gabriel se sentó en el baúl. Automáticamente, Sanchia se subió de un salto a su lado, con las piernecitas colgando.

Cuando estaban juntos, el parecido era increíble y, de nuevo, Gemma se sintió absurdamente vulnerable y sola. Mientras ella colgaba su ropa en el armario, Gabriel salió de la habitación y Sanchia soltó una risita.

En el pasillo sonó un móvil y los pasos de Gabriel se detuvieron. Gemma lo oyó responder y luego la risotada de Sanchia.

–¡Soy yo!

Cuando terminó de guardar sus cosas en el armario, Gemma fue a la habitación de Sanchia para hacer lo mismo. Gabriel había formado un lazo con la niña en cuestión de horas… y la había besado a ella. Aún había esperanza.

Más que eso. La noche anterior había sido sublime, especial. Y no había ninguna razón para que eso no volviera a ocurrir.

Si había podido convencerse a sí misma para seducir a Zane, un hombre que ni siquiera le gustaba, al que no amaba, también podía seducir a su futuro marido.

Esa misma noche.

La luz de la luna iluminaba el cielo nocturno mientras Gabriel paseaba por el balcón con un pantalón de algodón blanco y una toalla colgada al cuello. Nada que ver con la tormentosa noche en Medinos, que no podía olvidar, o con las apasionadas horas de la noche anterior, aún grabadas en su cerebro.

Paseaba inquieto cuando escuchó las suaves notas de un blues... salían de la habitación de Gemma y las puertas de su balcón estaban abiertas.

Nervioso, se acercó. De la habitación salía un aroma que le recordaba un palacio que había visitado una vez en Marruecos.

Gemma salió al balcón en ese momento y el corazón se le detuvo una décima de segundo. Con una camisola que le dejaba al descubierto el escote y las largas piernas, estaba más guapa que nunca.

–Pensé que estarías durmiendo.

Ella se encogió de hombros.

–He dormido un rato por la tarde.

Gabriel dio un paso adelante y vio que había velas de color rosa en la habitación. Velas aromáticas por todas partes.

–Es lógico, estabas cansada –dijo, con voz ronca.

Aunque apenas podía concentrarse en algo que no fuera la seductora camisola o la fiera reacción de su cuerpo.

–Dormir por las tardes es lo que hacen las madres que están agotadas.

–¿Y tú no eres una madre agotada?

–No, esta noche no –Gemma agarró la toalla que le colgaba del cuello y tiró de ella, empujándolo hacia la habitación.

Tenso como nunca por ese gesto tan seductor, Gabriel iba a decir algo cuando vio una revista sobre la cómoda. Era la revista que contenía el artículo titulado «Diez Métodos Infalibles para Seducir a un Hombre».

Si no le fallaba la memoria, Gemma iba a utilizar el método número seis: preparar una escena de seducción con velas aromáticas.

Que creyese necesitar una escena de seducción para llevarlo a la cama le recordó lo que había pasado en Medinos. Pero cuando necesitaba un marido, y un padre para Sanchia, Gemma no había pensado en él…

Sentía celos, pura y sencillamente. Quería que fuese espontánea, natural. Quería la misma pasión que habían tenido unos días antes en Medinos, la noche anterior en su apartamento.

Se le encogió el estómago al pensar que tal vez esa escena de seducción no era por él sino por ella. Gemma había aceptado casarse, pero, a pesar de admitir que lo había amado en el pasado, no sabía lo que sentía en ese momento.

–¿Qué ocurre?

Gabriel tomó la revista.

–Esto –respondió, saliendo al balcón para tirarla por la barandilla–. No la necesitábamos hace seis años y no la necesitamos ahora.

Gemma, que lo había seguido al balcón, vio que la revista había caído en la piscina.

–¿Hurgaste en mi bolsa?

–Mientras dormías, sí. Y antes de que preguntes por qué, lo hice porque estaba celoso –Gabriel la tomó por la cintura–. Si hubiera encontrado preservativos, habría matado a Zane.

De inmediato, vio un brillo de alivio en sus ojos. Le gustaba que estuviera celoso.

Gemma le puso las manos en el torso.

–Siento mucho lo de la revista. ¿Sigues queriendo hacer el amor?

–Mientras no pienses que soy un premio de consolación…

Gemma sonrió y él la apretó contra su pecho para que supiera lo que le hacía sentir.

–Prométeme una cosa –murmuró, acariciándole el pelo–. Haz lo que tengas que hacer para que vuelva a ser rojo.

Gabriel la tomó en brazos para llevarla a la cama. Tuvo que hacer un esfuerzo sobrehumano para no lanzarse sobre ella mientras se quitaba la camisola, pero su paciencia fue recompensada cuando Gemma empezó a desnudarlo y se colocó sobre él, en silencio, sacando un preservativo que lo hizo sonreír porque era del mismo color que las velas. Ella rasgó el envoltorio y empezó a ponérselo. El roce de sus manos lo volvía loco…

En silencio, fue bajando las caderas poco a poco hasta tenerlo dentro y Gabriel tuvo que respirar profundamente para mantener el control.

Sintiendo un placer exquisito, le sujetó las caderas con las dos manos mientras ella se movía arriba y abajo, la tensión era tan insoportable que no pudo más. El deseo, el hermoso rostro de Gemma, las velas aromáticas, todo se disolvió en una bola de luz.

***

La boda tendría lugar el siguiente fin de semana y el banquete se celebraría en el Dolphin Bay Resort, anexo a la finca Messena.

Luisa llegó dos días después, pero afortunadamente Gabriel ya le había explicado la situación por teléfono.

Y Sanchia se encargó de eliminar cualquier momento de incomodidad. Como la esperada primera nieta de los Messena, la niña era más que bienvenida. Y, si era sincera, Luisa estaba siendo muy cariñosa con ella.

Pero al día siguiente, después de otra noche de amor, Gabriel le dijo que debía ir a Auckland para solucionar un problema inesperado. Con un traje de chaqueta oscuro y una corbata azul, su aspecto formal y distante, le dio un perentorio beso en los labios y luego tomó a Sanchia en brazos.

En el patio, mientras le decían adiós y el coche desaparecía por el camino, Gemma sintió que el corazón se le encogía.

Con Sanchia no había ambivalencia alguna, Gabriel la adoraba. Con ella, sin embargo, seguía mostrándose reservado. Por mucho que hiciese, la tensión no desaparecía.

Mientras él estaba fuera, Gemma se dedicó a buscar vestidos de novia. Luisa, que era una experta en organizar fiestas, se encargó del banquete.

Gemma se quedó helada al saber que llegarían invitados de todas partes del mundo.

Durante esos días, con Gabriel en Auckland, Gemma tuvo que reconocer que Luisa la había aceptado como prometida de su hijo. Y se lo agradecía mucho.

Los vestidos de las damas de honor, Sanchia, Lauren y Elena, su mejor amiga, llegaron en helicóptero y Luisa lanzó una exclamación al ver los maravillosos bordados.

–¡Qué preciosidad!

–Son muy bonitos, ¿verdad?

–Yo enseñaba a modistas antes de casarme y sé las horas de trabajo que hacen falta para coser estos vestidos. Son preciosos, Gemma. Si hay que hacer algún arreglo, yo puedo echar una mano. Aún no he olvidado cómo ponerme un dedal.

Contenta por la simpatía de su futura suegra, y por la alegría que le daba Sanchia, los días pasaron rápidamente.

Gabriel volvió de Auckland el día antes de la boda para acudir a la fiesta que Luisa había organizado y abrazó a Sanchia, que había salido corriendo a recibirlo.

–¿Te vas a quedar?

–Pues claro que sí, cariño. He tenido que ir a Auckland para trabajar, pero ya estoy de vuelta.

En ese momento le sonó el móvil y Gemma, que iba a darle un beso, tuvo que esperar.

El momento que había esperado compartir con él se había esfumado y Gabriel la miró con una expresión casi distante antes de subir a su habitación.

Diez minutos después volvió a aparecer, recién duchado, con un pantalón oscuro y una camisa blanca, informal, devastador.

Cuando se acercó a ella, en lugar de besarla metió la mano en el bolsillo para sacar unos pendientes de diamantes.

–Deberías ponértelos para la fiesta.

Los pendientes eran preciosos, parte del conjunto Fabergé, a juego con el anillo y el collar. Pero no le hacían ilusión alguna.

–Son muy bonitos.

Gemma no estaba mirando los pendientes sino a Gabriel, pero la emoción que quería ver en sus ojos no estaba allí.

Los pendiente eran puro fuego, como el anillo, y quedaban perfectos con su vestido rosa.

–No tienes que hacerme más regalos. El anillo es más que suficiente.

Gabriel se inclinó para darle un beso en los labios.

–Vas a ser mi esposa, así que tendrás que acostumbrarte a llevar joyas caras. Por desgracia, como esposa de un banquero, será parte de tu trabajo.

La fiesta que había organizado Luisa era elegantemente informal, bajo una carpa en el jardín del *resort* que también sería usada para celebrar el banquete de boda.

Gabriel le presentó a todo el mundo, vigilando a Sanchia, que corría de un lado a otro con sus primos. Por la noche, la música se volvió más animada.

Mientras saludaban a unos y a otros, Gemma parecía extrañamente silenciosa, pero él pensó que estaba cansada.

Según su madre, no habían parado en esos días y seguramente habría dormido poco. Aun así…

Por el rabillo del ojo vio a un hombre alto acercándose y frunció el ceño.

Zane.

No podía creerlo.

Un momento después, Zane desapareció entre los invitados y Gabriel dejó a Gemma charlando con su amiga Elena, dispuesto a aclarar la situación de una vez por todas.

Lo encontró en el bar, con Nick. Conteniendo el deseo de darle un puñetazo, le preguntó si podían hablar un momento en privado.

Zane enarcó una ceja, pero no discutió.

—Si estás preocupado por Gemma, te juro que jamás la toqué.

—Eso ya lo sé. Pero lo que quiero saber es qué piensas hacer ahora.

—Casarme con la mujer de la que estoy enamorado, Lilah, en dos meses.

Gabriel dejó escapar un suspiro de alivio. Él conocía a Zane y sabía que era un hombre honesto. Si decía que estaba enamorado, era cierto.

—¿Gemma ha salido con alguien que no fueras tú?

—No que yo sepa.

Lilah Cole apareció en ese momento, y cuando tomó a Zane del brazo, Gabriel se fijó en el anillo de compromiso que llevaba en el dedo.

—Parece que hay campanas de boda en el aire.

—Sé una cosa de Gemma —dijo Zane entonces—.

Ha tenido muchas oportunidades, pero nunca ha estado interesada en ningún hombre. No les hacía ni caso. No sé, a mí me parece que estaba esperando a alguien especial.

A Gabriel no le pasó desapercibido el reto que había en esas las palabras. No era una advertencia, pero sí algo parecido.

Y, en ese momento, apreció a su primo más que nunca.

Zane sentía verdadero cariño por Gemma y le estaba enviando un mensaje: o cuidas de ella o tendrás que vértelas conmigo.

Mientras se alejaba, no podía dejar de pensar en lo que había dicho. Gemma era una idealista y una romántica. Nada más explicaba lo extremo de sus actos. Estaba buscando amor verdadero, pero tenía miedo de llevarse una desilusión.

Durante años le había seguido la pista, sintiéndose constantemente frustrado cuando se iba a Europa o Estados Unidos con Zane. O cuando no estaba en alguna fiesta a la que había ido pensando que ella estaría allí.

No era una coincidencia que nunca se hubieran visto. Gemma intentaba evitarlo y él no había entendido por qué hasta unos días antes.

No quería obligarlo a mantener una relación por Sanchia. Había estado protegiéndose a sí misma, a la niña y a él. No porque no lo amase sino porque lo amaba.

–Gabriel…

Se dio la vuelta, sorprendido al ver a Simone.

–¿Qué haces aquí?

–¿Te molesta?

–No deberías estar aquí y lo sabes.

Por el rabillo del ojo le pareció ver un destello de color rosa… ¿Gemma?

No, no era ella. En la fiesta había muchas mujeres con vestidos de color pálido. Podría ser cualquiera.

Simone le puso una mano en el brazo.

–No podía dejar de venir, tenía que verte.

Gabriel apretó los dientes, furioso. Llevaba semanas intentando evitarla…

–Se supone que estás de vacaciones.

–Y lo estoy –Simone sonrió, con la misma determinación que veía en el rostro de su padre, un cliente millonario del banco, cuando cerraba un trato interesante–. Estoy aquí, en Dolphin Bay, acabo de llegar al *resort* para pasar unos días de vacaciones.

Al ver a Simone, Gemma se quedó detrás de un árbol.

«No podía dejar de venir. Tenía que verte».

¿Qué significaba eso?

Y no eran solo las palabras sino su tono, cómo miraba a Gabriel.

¿Qué hacía esa mujer allí?

Gemma los vio dirigiéndose al *resort*. Ella tan guapa y serena como en el banco, más aún con un vestido blanco y un discreto collar de perlas. Gabriel no la tocaba, pero su actitud y su expresión corporal era muy reveladora.

«No deberías estar aquí y lo sabes».

Esas palabras indicaban que había habido una conversación previa.

¿Le habría dicho que no podían verlos juntos porque iba a casarse con la madre de su hija?

Con el corazón encogido, Gemma entró en el *resort* por una puerta trasera y se dirigió al servicio de señoras, donde había acceso a Internet. Angustiada, conectó su móvil y buscó el nombre de Simone.

De inmediato, encontró una columna de cotilleos sobre un evento benéfico al que había acudido con Gabriel. El columnista, un afamado chismoso, terminaba especulando sobre un posible compromiso entre ellos antes de que acabase el mes.

El artículo estaba fechado tres semanas antes.

De modo que era de Simone de quien hablaba Luisa en Medinos...

Gemma miró la foto de Gabriel y Simone juntos y tuvo que tragar saliva. El pie de foto decía: «La pareja perfecta».

Siguió buscando y encontró más información sobre la joven, que provenía de una familia multimillonaria.

Ah, claro, por eso Gabriel no le había pedido que se hiciera pasar por su prometida.

Gemma estaba segura de que no amaba a Simone. De ser así, no habría hecho el amor con ella.

143

Lo que realmente importaba era que había ocurrido lo que él no quería que ocurriese. Seis años antes había tenido que olvidar sus sueños para hacerse cargo del banco y al día siguiente tendría que casarse con ella y hacerse cargo de Sanchia…

Ella había soñado con el matrimonio seis años antes, pero solo si Gabriel la hubiese amado. No quería ser una obligación. Otra obligación.

Pero si no hacía algo, se casarían al día siguiente y arruinaría la vida de Gabriel Messena.

Desolada, guardó el móvil en el bolso y volvió al jardín.

La música, que antes le había parecido encantadora, ahora le parecía irritante. Y el número de invitados parecía haber.

Gabriel no estaba por ninguna parte y tampoco Simone.

Pensar que pudieran estar juntos en alguna suite, haciendo el amor, fue como una puñalada en el corazón… aunque de inmediato pensó que no podía ser.

Ella conocía bien a Gabriel y sabía que era una persona decente. No lo amaría si fuese un mujeriego. Estaría hablando con Simone, intentando explicarle que debía irse sin hacer una escena. Tal vez incluso comprobando que se iba.

Sabía, por lo que Luisa le había contado, que Gabriel era meticuloso con los detalles, por eso había tenido tanto éxito en el banco a pesar de haberse hecho cargo de él siendo muy joven.

Rompería con Simone porque se veía obligado a hacerlo…

¿Por qué no había pensado que tal vez estaba enamorado de otra mujer?

Cuando Gabriel le propuso matrimonio debería haber dicho que no. Debería haber sugerido que compartiesen la custodia de Sanchia…

Pero lo había visto encariñándose con la niña y, egoístamente, se había agarrado a eso.

Gemma se acercó a su hermana Lauren y le preguntó si podía quedarse con Sanchia esa noche.

—Sí, claro. ¿Qué ocurre? Estás pálida como un fantasma.

Gemma hizo un esfuerzo para sonreír.

—Estoy bien, un poco cansada.

Lauren sacudió la cabeza.

—¿Pero qué estoy diciendo? Pues claro que estás cansada. Y, además, te casas mañana. Claro que me quedaré con Sanchia, no te preocupes.

Encontrar a Elena no fue fácil. Habían pasado quince minutos desde que vio a Simone y Gabriel desaparecer y no estaban por ninguna parte…

Pero no quería pensar en eso.

Por fin, vio a Elena, con un vestido rojo, la melena cayéndole por la espalda, charlando con un hombre cerca de la piscina.

Por un momento, pensó que era Gabriel y se le encogió el estómago. Pero no, era Nick Messena, el hermano pequeño de Gabriel… que se pasaba una mano por el pelo en un gesto de frustración.

¿Qué estaba pasando allí?

Al verla, le hizo un gesto a Elena, que se volvió, colorada hasta la raíz del pelo.

Normalmente, su amiga era una persona controlada y serena. Alguien cuyo mundo no se descomponía jamás.

–Hola, Nick. Siento molestar, pero tengo que hablar con Elena.

–Pues ponte a la cola –dijo él.

Su amiga lo miró, irritada.

–La última vez que miré no había ninguna cola. No pasa nada, Gemma, ya hemos terminado.

Nick frunció el ceño.

–Tenemos que hablar.

Elena le ofreció una sonrisa que Gemma conocía bien: la sonrisa con la que se calmaba a un cliente difícil.

–Es demasiado tarde para otra discusión.

–Entonces, resérvame un baile en la boda.

–Muy bien, como quieras –dijo Elena, con gesto aburrido.

Gemma, impaciente, la llevó aparte.

–¿Qué ha pasado con Nick?

–Una noche y cree que soy un felpudo –respondió su amiga.

–¿Te has acostado con Nick Messena?

–Fue hace mucho tiempo, un error de juventud. Todo el mundo comete errores, ¿no?

Eso mismo pensaba ella. Pero un error era perdonable, dos no tanto.

Gemma respiró profundamente.

–Necesito tu ayuda, Elena.

146

Impaciente, Gabriel miró su reloj mientras Simone subía al coche y esperó hasta que lo vio desaparecer al final del camino. ¿Cómo se le había ocurrido ir allí? Irritado por la insistencia de la joven, que un mes antes incluso había dado a entender a la prensa que estaba a punto de comprometerse con él, volvió a la fiesta.

Pero en cuanto preguntó a Elena dónde estaba Gemma supo que ocurría algo.

Y él sabía lo que era.

Gemma lo había visto con Simone y había malinterpretado la situación.

–¿Dónde está?

Elena sacó un sobre del bolso.

–No lo sé. Siento no poder ayudarte, pero me ha dicho que necesita tiempo. Y me ha dado esto para ti.

Gabriel abrió el sobre y se le encogió el estómago al ver dentro el anillo de compromiso y los pendientes.

–¿Cuándo que se ha ido?

–Hace unos minutos.

Sin esperar un segundo más, Gabriel se dirigió al aparcamiento. Gemma no se iría sin Sanchia, de modo que habrían ido a casa para hacer las maletas antes de volver a Dolphin Bay.

Subió al coche mientras marcaba un número en su móvil, pero tras una rápida conversación supo que ni Gemma ni Sanchia habían ido a la casa.

Mientras aceleraba por el camino, llamó a

Gemma sin muchas esperanzas. Aunque tuviese el móvil encendido, no iba a responder…

Cuando la llamada fue directamente al buzón de voz, tiró el móvil sobre el asiento del pasajero y pisó el acelerador para ir a casa de Lauren, con la esperanza de que supiera algo.

Pero cuando Lauren le dijo que Sanchia estaba en la cama, durmiendo, Gabriel frunció el ceño.

Gemma se había ido, dejando a la niña allí…

–¿Estás bien?

–Gemma se ha ido.

–¿Cómo que se ha ido?

–Se ha marchado. Me ha dejado una nota.

–No, eso no es posible. Gemma te quiere, siempre te ha querido.

–¿Por qué estás tan segura?

Seis años antes, él había cometido un error dejándola escapar, pero Gemma nunca hizo esfuerzo alguno por volver a verlo.

–Tú sabes que no se ha acostado con ningún otro hombre, ¿verdad?

Gabriel apretó los labios.

–Sí, lo sé.

–¿Y no te parece raro que una chica tan guapa como Gemma solo se haya acostado contigo en toda su vida? –Lauren exhaló un suspiro–. Se enamoró de ti cuando tenía dieciséis años y, siendo como es, nunca dejó de quererte.

Él sabía que Gemma tenía una personalidad extrema… y allí estaba la prueba.

Lo amaba. Era una verdad absoluta.

Gabriel miró la luna, frustrado porque tenía que hablar con ella, verla de inmediato.

–¿Tienes idea de dónde puede haber ido?

Lauren frunció el ceño.

–Yo diría que a Auckland.

Pero había dejado a Sanchia allí…

Y, de repente, lo supo. No, no estaba en Auckland. Gemma era una romántica y solo había un sitio en el que pudiera estar.

Gemma, con los zapatos en la mano, caminaba por la playa. La marea estaba subiendo y las olas le golpeaban las piernas, empapándola.

Para empeorar la situación, una oscura nube escondió la luna, de modo que tenía que caminar casi a ciegas.

El agua pronto cubriría el camino. Unos minutos más y esa playa estaría separada del resto de la isla hasta el día siguiente.

Poco después llegó a una bonita playa en forma de caracola, la playa en la que hizo el amor con Gabriel por primera vez.

Mientras suspiraba, más triste que nunca, le sonó el móvil. Era Gabriel de nuevo, pero no respondió. No quería hablar por teléfono con él. Quería… otra cosa.

De modo que apagó el teléfono y lo guardó en el bolso antes de seguir caminando hasta la casita. Aunque, en realidad, era poco más que un pabellón con una pérgola que usaban los turistas durante el día y en el que a veces se organizaba alguna fiesta nocturna.

Suspirando, se dejó caer en una tumbona. El silencio la envolvía, roto por el rítmico sonido de las olas y el grito lejano del pukeko.

Una vez allí, la idea de volver al sitio en el que habían hecho el amor por primera vez esperando que Gabriel fuese a buscarla le parecía un gesto desesperado y absurdo.

Para empezar, no había pensado en la marea. Gabriel no podría ir hasta el día siguiente, cuando hubiese bajado. Aunque recordase el sitio donde todo había empezado, no podría llegar a menos que fuese en un bote.

Iba a ser una noche muy larga y solitaria y, además, al día siguiente tendría que cancelar la boda y decepcionar a mucha gente.

Sanchia estaba muy ilusionada porque iba a ser la dama de honor, Luisa había insistido en encargar una increíble tarta nupcial de seis pisos y había llegado gente de Sydney, Florida, Londres y Medinos.

Y Gabriel…

Gemma se mordió los labios. Iba a hacerle mucho daño.

El silencio parecía meterse en su piel. Tal vez ella no era lo que Gabriel deseaba como esposa, pero estaba dispuesto a comprometerse y quería ser el padre de Sanchia.

Nerviosa, se levantó para pasear por la playa. Daba igual cómo lo mirase, estaba cometiendo un error. Aceptar el matrimonio para luego echarse atrás…

Media hora después, desesperada porque quería salir de allí y no había manera de hacerlo, volvió al pabellón y buscó su móvil en el bolso para llamar a Gabriel. Conteniendo el aliento, escuchó la señal de llamada… pero nadie respondió.

Esperó unos minutos y volvió a intentarlo. El teléfono sonó varias veces, pero Gabriel no respondía.

–Contesta, cariño, ¿dónde estás cuando te necesito?

–Estoy aquí –escuchó una voz grave a su espalda–, dime algo antes de que me vuelva loco.

Gemma se dio la vuelta, atónita. Gabriel estaba a unos metros de ella, empapado, los pantalones oscuros pegados a su piel.

Por un momento, pensó que estaba alucinando.

–Has venido nadando.

–Estaba más lejos de lo que recordaba –Gabriel sacó el móvil del bolsillo–. No tiene sentido que sigas llamando, este móvil está muerto.

De repente, a Gemma le daba igual Simone y el viejo complejo de inferioridad que la había perseguido durante tanto tiempo. Gabriel estaba allí. Había ido a buscarla.

Y, de repente, lo vio. No al banquero multimillonario con joyas de Fabergé y fantásticos Ferraris sino al guapísimo y atormentado hombre del que estaba locamente enamorada.

Gabriel apenas tuvo tiempo de tirar el teléfono en la arena antes de que Gemma se echara en sus brazos.

–No sabía si querías que te siguiera –murmuró, apretándola contra su corazón.

–Siento mucho haberme marchado así. No puedo creer que hayas venido a buscarme.

Sus miradas se encontraron, cargadas de emoción.

–Entonces, es que no me conoces bien. No he querido a nadie más que a ti durante años. ¿Por qué crees que sigo soltero? –Gabriel hizo una pausa para tomar aliento–. Cásate conmigo, Gemma.

–Ahora mismo.

Él le tomó la cara entre las manos.

–¿Me lo prometes?

–Te lo prometo de todo corazón. Te quiero, te he querido desde siempre –Gemma hizo una mueca–. Hace seis años pensé que no era lo bastante buena, que para ti solo era una empleada.

La expresión de Gabriel le dijo que estaba totalmente equivocada.

–Admito que la situación era un problema tras la muerte de mi padre… por la prensa. Pero la razón por la que me alejé de ti era porque mis sentimientos eran tan apasionados que temía cometer el mismo error que mi padre. Sabía que no podría hacer el trabajo que debía hacer en el banco y tener una relación contigo al mismo tiempo. Entonces era demasiado joven e inexperto.

Ella le pasó las manos por los hombros, acariciándole el pelo, la cara, como si quisiera convencerse de que era real. Estaba empapado y debería tener frío, pero su piel era cálida, la pasión que tenía era fiera e indomable.

Tomó su cara entre las manos, adorando esa sonrisa masculina, la sombra de barba. Apenas podía creer que estuviera allí, cuando ella había estado a punto de estropearlo todo.

Gabriel tomó sus manos y se las llevó a los labios para besarlas.

–Sé que me viste con Simone –dijo entonces–. Llevaba algún tiempo intentando presionarme para que mantuviéramos una relación y no aceptaba una negativa. Por eso fue al *resort* cuando debería estar de vacaciones.

–Pensé que estabas enamorado de ella –murmuró Gemma–. Temía haberte atrapado en este matrimonio y quería darte la oportunidad de elegir.

–Solo ha habido una mujer para mí en mucho tiempo. Siento mucho haberte dejado ir hace seis años, pero te aseguro que no volverá a ocurrir –Gabriel hizo una pausa, tenía la voz ronca de emoción–. Te quiero, Gemma.

Y en ese momento salió la luna, sus rayos plateados iluminando el mar y la arena, brillando en sus ojos y dejando que viese la ternura que había en ellos.

Sonriendo, Gemma se puso de puntillas para besarlo; un beso que él le devolvió apasionadamente antes de tomarla en brazos para llevarla al pabellón.

Mientras la dejaba sobre una de las tumbonas, y se colocaba a su lado, vio la hora en su reloj. Era más de medianoche, el día de su boda.

Horas después, Gemma despertó con la luz gris del amanecer iluminando el pabellón. Temblando, se apretó contra el pecho de Gabriel.

Habían hecho el amor, dormido y hecho el amor de nuevo hasta que, por fin, juntaron dos tumbonas, encontraron toallas y mantas en un armario e hicieron una especie de cama para estar más cómodos.

Gabriel le acarició el pelo.

–Sobre Simone... no la había invitado a venir, por cierto. Supuestamente, quería hablarme de un préstamo para un proyecto en el que está trabajando. Una excusa como otra cualquiera para estropearme el día.

Gemma se tumbó de lado, apoyando la barbilla en una mano.

–Se me había olvidado por completo Simone.

Él la apretó contra su torso.

–Olvidémonos del banco y todo lo demás. Es el día de nuestra boda.

Gemma sonrió. Apenas podía creer que Gabriel y ella fueran a casarse en unas horas, que la amase apasionadamente, que la hubiera amado durante años.

Epílogo

La boda tuvo lugar en una pequeña capilla en la colina, con una maravillosa vista de Dolphin Bay.

Gemma estuvo lista muy temprano. Su madre, Lauren, los niños y Elena habían llegado antes que los peluqueros y maquilladores y Gemma los apresuró porque no quería hacer esperar a Gabriel.

Después de todo lo que había pasado, lo único que quería era llegar a la iglesia y casarse con el amor de su vida.

El vestido de seda color marfil hacía que su piel brillase y su pelo pareciese más rojo que nunca. Y los diamantes Fabergé le quedaban perfectos.

Mientras se lo ponía, Luisa le contó la historia de las joyas. Aparentemente, el abuelo de Gabriel, Guido, se había enamorado de una chica rusa durante la guerra. Separados por el conflicto, había seguido cortejándola por carta. Cuando ella dejó de responder, preocupado, Guido fue a Rusia a buscarla.

Tras la guerra, Eugenie estaba convencida de que él ya no la querría, pero Guido Messena había demostrado que no era así. Las joyas habían sido su regalo de boda.

Luisa sonrió al terminar el relato y Gemma entendió. Gabriel conocía la romántica historia de las joyas y las había elegido por esa razón.

Cuando la limusina llegó a la iglesia era tan temprano que los invitados tuvieron que entrar en la iglesia a toda prisa. Gabriel, que estaba en la puerta charlando con Nick y otro de sus hermanos, Kyle, la miró con una emoción que no podía disimular.

Guapísimo con un chaqué gris, en lugar de entrar en la iglesia con sus hermanos, la ayudó a bajar de la limusina y la llevó hasta la puerta del brazo.

Cuando empezó a sonar la música, Gemma esperó que se apartase, pero Gabriel no se reunió con Nick y Kyle en el altar. Se quedó con ella y con Sanchia, que llevaba una cestita llena de pétalos de rosa.

—Están esperándote, cariño.

Como respuesta, él la apretó contra su costado mientras Sanchia empezaba a caminar por el pasillo, tirando pétalos por el camino.

—Que sigan esperando —respondió Gabriel—. Pienso ir al altar con las dos mujeres de mi vida.

DIPLOMACIA DE DORMITORIO

MICHELLE CELMER

Después de que el último político que se había interesado por ella la dejase con el corazón roto y embarazada, Rowena se había apartado por completo de la vida pública, pero ni siquiera ella era inmune a los encantos de Colin Middlebury.

Como diplomático, Colin estaba acostumbrado a responder a muchas exigencias, pero ninguna como la del senador Tate, que le había advertido que no se acercase a su bella hija. Colin

necesitaba el apoyo del senador, pero no era capaz de resistirse a Rowena. Las relaciones internacionales iban a ser bastante… íntimas.

Un escándalo inminente

¡YA EN TU PUNTO DE VENTA!

Acepte 2 de nuestras mejores novelas de amor GRATIS

¡Y reciba un regalo sorpresa!

Oferta especial de tiempo limitado

Rellene el cupón y envíelo a
Harlequin Reader Service®
3010 Walden Ave.
P.O. Box 1867
Buffalo, N.Y. 14240-1867

¡Sí! Por favor, envíenme 2 novelas de amor de Harlequin (1 Bianca® y 1 Deseo®) gratis, más el regalo sorpresa. Luego remítanme 4 novelas nuevas todos los meses, las cuales recibiré mucho antes de que aparezcan en librerías, y factúrenme al bajo precio de $3,24 cada una, más $0,25 por envío e impuesto de ventas, si corresponde*. Este es el precio total, y es un ahorro de casi el 20% sobre el precio de portada. !Una oferta excelente! Entiendo que el hecho de aceptar estos libros y el regalo no me obliga en forma alguna a la compra de libros adicionales. Y también que puedo devolver cualquier envío y cancelar en cualquier momento. Aún si decido no comprar ningún otro libro de Harlequin, los 2 libros gratis y el regalo sorpresa son míos para siempre.

416 LBN DU7N

Nombre y apellido	(Por favor, letra de molde)

Dirección	Apartamento No.	

Ciudad	Estado	Zona postal

Esta oferta se limita a un pedido por hogar y no está disponible para los subscriptores actuales de Deseo® y Bianca®.
*Los términos y precios quedan sujetos a cambios sin aviso previo.
Impuestos de ventas aplican en N.Y.

Bianca

Había tomado la determinación de hacer que aceptara a su hijo...
aunque se negara a perdonarla a ella

Rafiq Al-Qadim era un tipo poco corriente: un príncipe mitad árabe mitad francés que ponía por encima de todo su orgullo y su lealtad a la familia... Y eso era algo que Melanie había descubierto hacía ocho años, cuando se había enamorado de él. Después, Rafiq había preferido creer unas terribles mentiras sobre ella y la había sacado de su vida sin pensárselo dos veces...

Pero Melanie nunca había dejado de quererlo y, sin que él lo supiera, había tenido un hijo suyo. Había llegado el momento en el que Robbie necesitaba a su padre y ella tenía que sacar fuerzas de flaqueza para enfrentarse a Rafiq...

Pasión oriental

Michelle Reid

Deseo

INOCENTE Y SENSUAL

Janice Maynard

Proteger a la gente para ganarse la vida era una cosa, pero Larkin Wolff, un adinerado experto en seguridad, no quería tener esa responsabilidad en su vida personal. La implicación emocional con sus clientas estaba estrictamente prohibida, solo que nunca había tenido a una clienta como Winnie Bellamy, una esbelta heredera que reunía una deslumbrante combinación de inocencia y sensualidad. Cuando Winnie lo necesitó personal y profesionalmente, ¿cómo podía haberle dicho que no? Aquella mujer hacía que él deseara lo que no podía tener. De pronto, Larkin estaba dispuesto a romper las reglas que él mismo se había impuesto.

Un Wolff como protector

¡YA EN TU PUNTO DE VENTA!